共和国故事

钢铁巨人
——宝山钢铁厂开工建设

郑明武 编写

吉林出版集团股份有限公司

图书在版编目（CIP）数据

钢铁巨人：宝山钢铁厂开工建设/郑明武编. ——长春：吉林出版集团股份有限公司，2009.12

（共和国故事）

ISBN 978-7-5463-1882-0

Ⅰ．①钢… Ⅱ．①郑… Ⅲ．①纪实文学－中国－当代 Ⅳ．①I25

中国版本图书馆 CIP 数据核字（2009）第 237796 号

钢铁巨人——宝山钢铁厂开工建设
GANGTIE JUREN　　BAOSHAN GANGTIECHANG KAIGONG JIANSHE

编写　郑明武

责任编辑　祖航　息望　林琳

出版发行　吉林出版集团股份有限公司

印刷　三河市嵩川印刷有限公司

版次　2010 年 1 月第 1 版　　2022 年 1 月第 10 次印刷

开本　710mm×1000mm　1/16　　印张　8　字数　69 千

书号　ISBN 978-7-5463-1882-0　　定价　29.80 元

社址　吉林省长春市福祉大路 5788 号

电话　0431－81629968

电子邮箱　tuzi8818@126.com

版权所有　翻印必究

如有印装质量问题，请寄本社退换

前　言

自1949年10月1日中华人民共和国成立至今,新中国已走过了60年的风雨历程。历史是一面镜子,我们可以从多视角、多侧面对其进行解读。然而有一点是可以肯定的,那就是,半个多世纪以来,在中国共产党的领导下,中国的政治、经济、军事、外交、文化、教育、科技、社会、民生等领域,都发生了深刻的变化,中国人民站起来了,中华民族已屹立于世界民族之林。

60年是短暂的,但这60年带给中国的却是极不平凡的。60年的神州大地经历了沧桑巨变。从开国大典到60年国庆盛典,从经济战线上的三大战役到经济总量居世界第三位,从对农业、手工业、资本主义工商业的三大改造到社会主义市场经济体制的基本确立,从宜将剩勇追穷寇到建立了强大的国防军,从废除一切不平等条约到独立自主的和平外交政策,从"双百"方针到体制改革后的文化事业欣欣向荣,从扫除文盲到实施科教兴国战略建设新型国家,从翻身解放到实现小康社会,凡此种种,中国人民在每个领域无不留下发展的足迹,写就不朽的诗篇。

60年的时间在历史的长河中可谓沧海一粟。其间究竟发生了些什么,怎样发生的,过程怎样,结果如何,却非人人都清楚知道的。对此,亲身经历者或可鲜活如昨,但对后来者来说却可能只是一个概念,对某段历史的记忆影像或不存在,或是模糊的。基于此,为了让年轻人,特别是青少年永远铭记共和国这段不朽的历史,我们推出了这套《共和国故事》。

《共和国故事》虽为故事,但却与戏说无关,我们不过是想借助通俗、富于感染力的文字记录这段历史。在丛书的谋篇布局上,我们尽量选取各个时代具有代表性或深具普遍意义的若干事件加以叙述,使其能反映共和国发展的全景和脉络。为了使题目的设置不至于因大而空,我们着眼于每一重大历史事件的缘起、过程、结局、时间、地点、人物等,抓住点滴和些许小事,力求通透。

历史是复杂的,事态的发展因素也是多方面的。由于叙述者的视角、文化构成不同,对事件的认知或有不足,但这不会影响我们对整个历史事件的判断和思考,至于它能否清晰地表达出我们编辑这套书的本意,那只能交给读者去评判了。

这套丛书可谓是一部书写红色记忆的读物,它对于了解共和国的历史、中国共产党的英明领导和中国人民的伟大实践都是不可或缺的。同时,这套丛书又是一套普及性读物,既针对重点阅读人群,也适宜在全民中推广。相信它必将在我国开展的全民阅读活动中发挥大的作用,成为装备中小学图书馆、农家书屋、社区书屋、机关及企事业单位职工图书室、连队图书室等的重点选择对象。

编　者
2010 年 1 月

目录

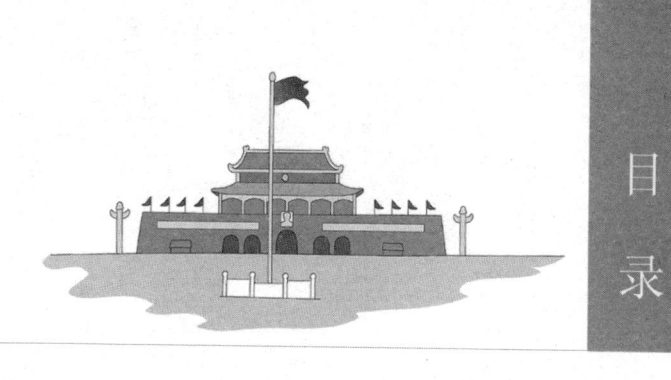

一、中央决策
中央同意上海建立钢铁厂/002
冶金部决定扩大规模/005
李先念批准建厂方针/010
中央决定在宝山建厂/014

二、规划筹建
黄锦发推翻日方总布局/022
进行中日设备选型谈判/027
蒋荣生提交勘察报告/032
关登甲打下宝钢第一桩/041

三、开工建设
宝钢举行开工典礼/048
开工后面临的下马问题/052
陈云支持宝钢干到底/056
任嘉鼎为宝钢节省投资/064
李国豪解决位移难题/067
宝钢决定从长江引水/072
宝钢再次渡过下马危机/078

目录

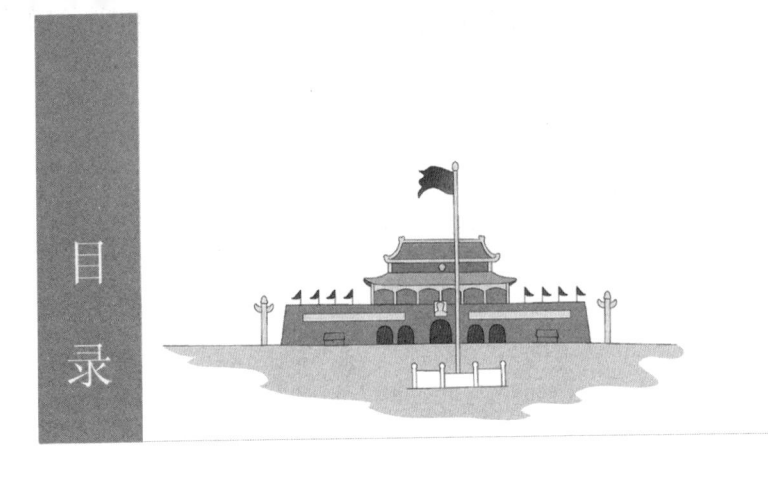

四、掀起高潮

邓小平视察宝钢建设/086

引水工程顺利完工/090

及时铺设厂内铁路/093

电装公司争分夺秒抢工期/097

完成仓库工程安装/101

五、投产运营

宝钢一号炉正式出铁/106

宝钢举行开工仪式/111

三大主体工程建成/116

一、中央决策

- 林乎加兴奋地说:"上海人民感谢你们的到来啊!"

- 中国放弃了原来设计的单纯建一个炼铁基地的设想,决定在上海或者其他地方单独建设一个完整的钢铁联合企业。

- 陈锦华高兴地说:"上海南有金山,北有宝山,遥相呼应,为国家积累金银财宝。"

中央同意上海建立钢铁厂

1977年元旦，新年的上海异常寒冷，上海的大街小巷却到处洋溢着节日的气氛。

此时，分管经济工作的上海市委书记林乎加却没有过节的兴奋，更没有要趁元旦放松一下的心理，他拨通了冶金部部长唐克的电话。

在电话里，林乎加向唐克部长诉说了上海的迫切要求。他足足说了半个小时。

原来，1976年以后，从中央到地方，从工业到农业，都具有一种想把丧失的时间夺回来的可贵热情。

面对落后局面，各个行业都提出了明确的生产目标，冶金部也不示弱，提出"建设十个鞍钢"。关于上海，冶金部只提到筹建一个炼铁厂为上海各钢厂提供铁水。

然而，上海1976年的钢产量已达430万吨。

上海钢厂没有生铁，430万吨钢所需要的生铁，要靠武钢、本钢、马钢等按国家计划调拨，一年数百万吨，既增加了铁路运力负担，又限制了上海钢厂的发展。

按上海钢铁厂的生产规模，年生铁缺口达300万吨左右。因此，上海新建炼铁基地已十分迫切。

面对上海急需建炼铁基地，而冶金部却没有在上海建钢铁厂计划的情况，林乎加非常着急，就赶紧向冶金部提出了申请。

接到林乎加的电话后,唐克也深深地感到上海确实需要一个大的钢铁厂。

1977年1月下旬,冶金部派出以规划院院长王勋为首的规划小组赶到上海,考察在上海建钢铁厂的可行性及有关情况。

当天晚上,林乎加就来到王勋下榻的上海大厦17楼,握着规划小组每一名成员的手,兴奋地说:"上海人民感谢你们的到来啊!"

接着,林乎加和王勋一行就上海建立钢铁厂一事进行了商谈。商谈中,林乎加详细地向王勋介绍了上海急需生铁的情况。

会谈在融洽的气氛中进行,一直谈到深夜。临别时,林乎加还慷慨地把自己的上海牌轿车让给了考察小组乘坐。

从第二天开始,王勋一行坐着林乎加的轿车,走访了上海各个钢厂,对各钢厂的范围、工程地质等情况进行了全面深入考察。

考察中,王勋一行白天现场踏勘,晚上计算,每天要工作20个小时。快过年了,他们要在年底前得出调查结果。

经过了一星期的考察后,王勋心里有底了。

一天,王勋高兴地告诉林乎加,可以在上钢一厂安排建设两座1200立方米高炉。

林乎加听了王勋的话后,兴奋起来了!

1200立方米高炉,一天可出铁2000吨左右,这样上海缺铁的问题就解决了。

春节过后,上钢一厂安排建设两座1200立方米高炉的消息传出后,全厂都非常高兴。

为此,上海冶金局还特地开了个庆祝会。

在庆祝会上,很多老工人都流下了激动的泪水。是啊,上海太需要一个大规模的钢铁厂了!

冶金部决定扩大规模

1977年4月,国家计委、冶金部、交通部、铁道部赶赴上海,与上海联合组成规划组,进行落实1200米高炉钢铁厂的建设事宜。

然而,就在大家怀着满腔希望,等着钢铁厂开工建设时,驻上海空军却提出了反对意见:

> 上钢一厂附近有江湾、大场、月浦3个机场,尤其是江湾军用机场距上钢一厂最近,不能超高。

于是,两个1200立方米高炉计划被叫停了。

1977年6月,经过3个月磋商,冶金部召集全国12个重点企业在北京民族饭店开会,将上海建造高炉的问题再次提到了议事日程。

鞍钢的马宾、武钢的沈因洛以及上海的陈大同都参加了会议,研究如何抓好生产等问题。

有一天晚上,唐克部长专门同上海的陈大同进行了一次谈话,大致意思是上海建高炉能不能比1200立方米更大些,如2500立方米,这样可以就地解决上海生铁不足的问题。

接着，在会上，冶金部副部长、炼铁专家周传典大胆地提出了他的建议：既然要搞就搞大的，干脆上两座2500立方米的高炉，一揽子解决上海缺铁，武钢、本钢、马钢调不出铁，铁路运力紧张等问题。

专家的建议得到了与会同志的赞同，于是，会议决定寻找江边开阔地带建大高炉。

6月，冶金部部务会议决定较彻底地解决上海所需生铁问题，计划在上海建设2500立方米高炉两座，并派出规划院副院长计晋仁同志带领规划组，到上海选择厂址。

规划组一行勘察了吴淞、测河、金山、槽径等地，经过比较，确定在宝山境内的测河口到石洞口一带建造两个2500立方米大高炉。

9月16日，为加速发展钢铁工业，适应国民经济发展的需要，经国务院批准，冶金部派出了以叶志强同志为团长的代表团赴日本考察钢铁工业。

考察团成员有：副团长邱纯甫，国家计委部业梅，马宾、周冠五、戚元靖、李振江、黄墨彬、王彦才等钢铁厂的主要领导同志。

通过近一个月的考察，考察团对日本利用新技术改造钢铁工业所取得的进步印象很深。

离开日本时，考察团还从日本带回一些日本钢铁厂生产和建设的电影及幻灯片，为国务院和有关部委的领导同志放映，宣传近代钢铁工业，希望促使引进新技术和新设备，加速发展我国钢铁工业。

这次代表团的考察，对宝钢的决策起到了重要作用。

10月22日，从日本考察回来的冶金部副部长叶志强等到中南海，向中央政治局汇报访日见闻和感受。

简单地寒暄后，叶志强请中央领导观看新日铁赠送的一部电影专题片和幻灯片。

李先念、余秋里、谷牧等中央领导被影片中的画面震撼了，因为他们在影片中看到的是：

> 烟囱里没有浓烟滚滚，宽大明亮的厂房洁净如家，工作现场一尘不染；看不到成群结队的浑身油泥、大汗淋漓的工人，厂区几乎看不到人影，只有少数几个人坐在计算机屏幕前指挥生产；比中国大10倍的高炉高耸入云，还有比中国大10倍的300吨以上的转炉和每秒超过了70米的全连轧轧机……

看了影片后，中央领导感情万千：日本是个岛国，没有铁矿、煤矿，就连石灰石也要靠进口。15年前，中国与日本的钢铁产量相差无几，短短15年，其钢产量竟猛增到了1.19亿吨，是中国钢产量的5倍！

此时，中央领导感到心情格外沉重，一种改变落后的使命感重重地压在了他们的心头。

中央领导的心弦被拨动了，本来准备立足国内发展钢铁，在冀东建设一座年产1000万吨的中国最大的钢铁基地的思维开始转向。

于是，当时在上海要求建立2500立方米高炉的计划就需要调整了。

听到叶志强带来的信息后，有人说："2500立方米高炉在日本已经不是什么大高炉了，日本高炉的容积已经到了5000立方米。"

还有专家呼吁说："不行！最少也得搞3000立方米以上的高炉才行！"

2500立方米高炉被否定了，炉型需要再次加大。

两个月后，国家计委、国家建委、冶金部、外贸部联合上书国务院，提出：

> 抢建年产500万吨生铁的上海炼铁厂，引进两座4000立方米高炉及相应的炼焦、烧结成套设备，厂址选在宝山月浦机场，力争1980年建成。

李先念副主席批示："原则同意。"

接着，邓小平等中央领导同志也相继表示同意。

1977年11月25日，几经周折，上海建高炉钢铁厂的计划终于定案。

消息传来，上海各大钢厂都沸腾了！

4000立方米！这可是做梦也没有想到的啊！没想到中央一下子就给了上海这么大的一个项目。

听闻喜讯，有几位临近退休的老厂长还流下了眼泪，他们为中国能建如此规模的钢铁厂而振奋！

李先念批准建厂方针

1977年11月28日,日本新日铁董事长稻山嘉宽来到了北京,并受到了李先念的接见。

原来,叶志强带回的那一部震撼中央领导的电影专题片就是出自稻山嘉宽之手。

作为一名极其机敏的日本商人,稻山先生很早就同新中国有着贸易往来。

1958年2月,在中日邦交正常化以前,他就同我国签订了一个为期五年的钢铁贸易协定,双方出口总额为一亿英镑。

当时,这个协议是一宗大规模交易,在日本和国际上都有很大影响,在国际上引起过轰动。

为此,稻山嘉宽曾来华访问,周恩来还曾亲自接见他。

这一次,稻山嘉宽再一次抓住了中国向日本派出第一个冶金代表团的机会,将精心制作的电影专题片拷贝,通过叶志强带给中国政府,以试探中国的反响。果然,这个专题片引起了中央领导人的高度重视。

稻山嘉宽是商人,目的当然是做生意,但他同时也是一位中日友好人士。

这一次,稻山嘉宽是以日中长期贸易委员会委员长的身份拜会李先念的。

会见中，稻山嘉宽向李先念讲了世界钢铁业的现状和发展趋势，以及日本、欧美钢铁生产的先进工艺。

听了稻山嘉宽的介绍，李先念心情很难平静。李先念认为：中国的钢铁太落后了，必须要振兴中国的钢铁工业。

当时，每年要从日本进口四五百万吨钢铁，可是中国的外汇储备少得可怜，而钢铁一块就占去了好大一部分，李先念长期分管财经，他比谁都清楚。

为了解决钢铁问题，李先念曾经数次同叶剑英、邓小平等人说起中国钢铁的发展，特别是看了叶志强从日本带回来的那部电影专题片后，李先念深深地认识到中国发展钢铁工业必须走新路，老路是行不通了。

会谈时，李先念代表中国政府向稻山嘉宽说："请新日铁考虑与中国进行技术合作，建设一个年产五六百万吨的钢铁厂。"

面对如此大的合作项目，稻山嘉宽非常激动，他没有想到，中国这么快就同意建五六百万吨的钢铁厂，这可是个大项目啊！

回国后，稻山嘉宽连夜开会部署，以最快的速度派出两个工作小组，经过认真调查，向中国提出了建造一个年产600万吨钢铁联合企业的方案。

当时，一个来华的日本专家考察了中国钢铁，深深体会到中国人对钢铁的渴求。

日本专家一再强调说："单靠老企业改造是赶不上世界钢铁发展潮流的，差距只会越来越大，要迎头赶上潮流，必须高起点地引进，引进最新科技成果，在此起点上再进行追踪、赶超。"

接着，日本专家还自豪地说："日本的钢铁就是这样发展起来的，如果当初日本不从美国大量地引进最新科技，只是在战后的基础上恢复改造，就根本不会有今天……"

日本专家还认为：用4000立方米特大高炉的铁水去支援上钢一厂、五厂的小转炉，犹如大茶壶往小酒盅里倒水，浪费太大。如果在高炉旁边增加3个300吨大转炉和配套的轧机，一座世界一流的现代化的钢铁企业就可以在中国的土地上诞生。

日本专家的观点终于打动了中国人，更深深动摇了中国人"自力更生"的传统观念。

中国放弃了原来设计的单纯建一个炼铁基地的设想，决定在上海或者其他地方单独建设一个完整的钢铁联合企业。

要改变中国落后的工业现实，只有这华山一条路了，中国人已经没有了选择的余地，必须要建立现代化的钢铁厂。

12月14日，李先念批准了冶金部关于《拟和日本技术小组商谈新建钢铁厂主要问题的请示》。

同日，叶剑英、邓小平等相继圈阅。

12月28日下午，国务院召开专门会议，研究上海新建钢铁厂的请示报告问题。会议由李先念主持。

在会上，李先念明确表示：

> 日本专家的意见是有道理的，我倾向他的意见。

经过反复讨论，最后会议决定由谷牧就具体问题作进一步研究。

终于定下来了，很多人都松了口气！

而叶志强则更为兴奋，在会议结束后的当天夜里，叶志强就赶紧打电话给上海有关人员，希望他们及早准备钢铁生产。

于是，一个几经调整后的大规模、现代化的钢铁厂就要兴建了。

中央决定在宝山建厂

1977年11月,中央同意在宝山建厂时,上海各界对在宝山建现代化钢铁厂热烈支持。

为此,上海市委决定先征用后动迁。

在宝山县政府的支持下,当天决定,第二天就打篱笆。友谊路一、二、三村征地后,马上搞"三通一平"。

首先是把主干道修通,凡修马路碍事的住户先搬走。当时农民新村还来不及建造,动迁农民就自己找过渡房子。

有一家农民新结婚才3天就搬到羊棚里去住,这在当地农村风俗中是忌讳的,为了支援宝钢建设他们也不计较这些了。

全市人民支援宝钢的热情,真可以说是逢山开路、遇水架桥、克服困难、一往无前,非常可贵。

从施工力量讲,市政、三航、华电等都花了很大力气,都把自己的精华骨干抽到宝钢。华电把本系统的技术尖子调到宝钢,宝钢电厂建起来后这些技术尖子都留了下来。

当时,宝钢地区的市政建设,如煤气、自来水、下水道、厂区外道路、桥梁、医院、商店、学校都是市里各系统包建的,生活设施基本配套。

然而，就在上海上下抱着极大热情支援宝钢建设时，关于是否把钢铁厂修建在上海的争论又开始了！

1977年12月，中央决定建立一个大规模、现代化的钢铁厂后，钢铁厂厂址的选择又有了问题。

这个钢铁工业基地，最少要花300亿元。中国当年的财政收入才800亿元，10亿人口，每人30元。也就是说，全国人民建钢厂。

既然是全国人民建钢厂，那么，就不一定非要在上海选厂址，只要条件合适，全国各地都可以作为钢铁厂地址。

于是，原本已成定局的问题再次遇到了波折。

面对如此重大的项目，中央也格外谨慎。中央决定国家计委、建委和冶金、外贸、交通、铁路等部门在全国范围内重新筛选，前提是仿照日本新日铁，吃进口矿，尽量选择在沿海。

按照中央的指示，调查组重新起程，走访了连云港、天津、镇海、大连等10多个地方。

经过详细的分析，考察组认为这些地方突出的问题是工业基础和综合能力薄弱，难以支撑庞大的现代化钢铁基地。

当时上海也有两个缺憾：一是长江口水深不够，进口矿要建港转驳；二是地基软弱，需打桩加固，其结果是成本加大。

但是，上海具有其他地方不具有的绝对优势，那就是它是中国最大的工业城市，工业基础和综合能力足以支撑这一现代化的钢铁基地。

经过考察和分析，考察组觉得还是在上海建厂比较合适。

在上海建厂是确定了，但在上海什么地方建厂又成了一个问题。

有一些专家提出，把中国这座特大型钢铁企业建在金山卫，并提出新的钢铁厂命名为金山钢铁，与金山石化相呼应。

同时，金山卫航道水深，滩涂闲置，还可以少征不少农田。

按照这一设想，有关部门制订了第一套方案，上报给了上海市委常委会和中央政治局。

宝钢面临第二次下马！

经过紧急调查，最后，专家们认为在金山建厂不合适。

原来，金山卫濒临杭州湾，处亚热带季风登陆的风口，海面风急浪高，海潮、流速大起大落，矿石船停泊时不易停靠码头，而且远离上海钢厂，铁水运送问题难以解决。

于是，宝山再一次成为钢铁厂的最佳厂址。

确定建厂宝山后，时任上海市计委主任的陈锦华高兴地说："上海南有金山，北有宝山，遥相呼应，为国家积累金银财宝。"

就这样，钢铁厂因宝山而得名，以宝山命名的宝山钢铁厂即将上马。

1978年3月9日，国家计委、国家建委、国家经委、冶金部、上海市正式向中央呈报《关于上海新建钢铁厂的厂址选择、建设规模和有关问题的请示报告》。

两天后，中共中央政治局常委及相关副总理相继批准了报告书。

然而，此时事情又起了变化。

3月24日，就在中日双方签署谈判协议的当天，国务院副总理谷牧收到一封令人震惊的来信，信中明确地说：

> 宝山厂址有很多弱点和缺陷，地质不好，……会产生塌方，美国大湖地区钢铁厂已有先例……

原来，1800年前，宝山这里还是一片汪洋，后经西晋、东晋两朝才逐渐积沙成滩，涨潮为海，退潮为陆；到南北朝，现在的罗店、罗泾、大场冲积成陆地；到唐代中叶，江湾一线露出海面；北宋时，吴淞、五角场变海为陆，在此期间，又有几多陆地变为沧海：南宋时期，这块土地上著名的黄姚镇坍塌入海，明初创建在这里的"吴淞千户所"旧域在地图上消失……这块土地，一直处在沧海桑田之中。也就是说，这块土地是软弱地基，处在变化中的软弱地基。

此前，有著名的科学家也多次提醒过谷牧：打几十万吨钢管桩投资大不说，日后仍然有可能要滑到长江里去。

收到信后，谷牧非常重视，并立即批示：

> 报先念、登奎、秋里、世恩同志，这些问题不一定完全正确，冷风不可吹，但问题不能不反映……

李先念收阅后，立即批示：

> 我也收到了类似的信件，我想上海新建钢厂的厂址问题是否再做慎重考虑，或者至少要重新审查一下，然后再作决定……

不久，国家建设委员会专门组织了56名专家来到宝钢，进行现场考察。

经过18个昼夜的连续实地试验，专家向国务院提出：

> 宝钢地基可以处理，建设钢厂绝无问题。

国务院副总理康世恩接到报告后，向李先念作了详细汇报。

李先念听完康世恩的汇报后，果断地在康世恩的书面报告上批示：

> 决心已下，万不可再变，要对人民负责。宝山钢铁厂的建设，已经在人民中间传开了，人民要求我们把这个厂建设好！

宝山钢铁厂再一次被保留了下来。

1978年5月14日，上海市政府、冶金工业部联合向国家计委报送《上海宝山钢铁总厂计划任务书》。

8月12日，国务院正式批复了《上海宝山钢铁总厂计划任务书》，同意在宝山建设特大型钢铁厂。

至此，宝山作为新建钢铁厂厂址的方案终于被确定下来了。

上海人民放心了，一个现代化的钢铁厂不久将在宝山建立起来了！

二、规划筹建

● 黄锦发说:"与日方具体谈判的是我,责任在我,是我签了字。"

● 蒋荣生对翻译说:"告诉他,一群不懂建设现代工业的人一定能在3个半月的时间里,拿出勘察报告书!"

● 关登甲对着刚刚爬下桩机的仓恒说:"你的纫桩打得真好,能教教我吗?"

黄锦发推翻日方总布局

1978年，宝钢上马后，围绕宝钢的总图、轧机选型、转炉炉型等，中日双方展开了一系列较量。

当时，新日铁的年轻一代不能忘记一个事实：稻山嘉宽帮助韩国建起的浦项钢铁公司，没几年工夫，就开始在国际市场上与新日铁竞争了。美国原来是日本的市场，被浦项钢铁公司争去了一大半，威胁与日俱增。

鉴于这个教训，尽管稻山嘉宽是真心实意想帮中国建设一座完完整整的现代化钢厂；但是日本年轻一代必然有所顾忌。因为他们担心，如果再帮助中国建一个宝钢与新日铁争夺市场，那显然对新日铁十分不利。

为了避免培养一个新的对手，日本专家没有按照稻山嘉宽的思路为中国建造一个世界一流的钢厂，而是委婉地提出：他们的轧钢技术和设备尚不成熟，只能向中国提供原料、烧结、焦化、炼铁、炼钢到初轧部分，初轧以后的部分他们就不提供了。

日本人的想法是：可以在庞大的初轧之前各个项目中捞到足够的油水，而初轧后的板坯、方坯、扁坯等产品因为只是钢坯而不是钢材，只能运到上海的老钢厂去轧制钢材，老钢厂、老设备轧制不出好钢材，与日本的竞争力也就没有了。

面对日本人的精明打算，中国也做了有礼有节地回应。既然日本的先进技术是从别人手里买来的，那中国也可以买到。

于是，中国人开始把目光投向世界，避开日本，向美国、德国、意大利等国发出了冷轧、热轧项目询价书。

中国的这次转向给了日本一个有力的回击。

与此同时，关于宝钢总图的设计，中日双方也产生了分歧。

1978年2月10日，日本钢铁设计专家水田永昭率日方设计小组抵沪，开始A阶段谈判，以敲定厂区的规划总图。

谈判开始后，水田永昭将日方设计的一张完整的彩色图纸挂了起来。

接着，水田永昭用手指在图上画了个"C"字，再从"C"字起笔的地方边移动手指边说："生产流程从原料进厂到烧结、焦化、炼铁、炼钢、轧钢到成品出厂C字状环型布局，紧凑、简洁，大大地节省土地，大大地漂亮。"

宝钢建设设计总工程师黄锦发看了日方的设计图后，立刻敏锐地意识到：环型布局，把当时中国规定宝钢为年产600万吨规模的所有设备全圈在里面，扩展的空间就全堵死了，以后发展将非常被动。

此前，在我国四川攀枝花钢铁厂就曾经出现过这样的问题。

现在，日方的这个环型布局，将重蹈覆辙，看似"大大地节省土地，大大地漂亮"，实际上却是一个陷阱！

黄锦发敏锐地感觉到：很明显，日方要堵住宝钢的发展。如果按照这个布局，宝钢就没了二期和三期，更别谈以后的发展了。

于是，黄锦发不干了，并明确表示中方不同意这种方案。

水田永昭好像很无奈地说："这是你们官方的要求，也就是你们国家的要求，600万吨的规模在中日谈判纪要里写得非常地明白。"

中国政府确实有宝钢"不扩大建设"的要求。

黄锦发无言以对，欲辩难言。

但是，黄锦发绝不甘心接受日方的这种总图布局。面对中国钢铁工业落后的局面，黄锦发立定主意，绝不照搬照套，跟在人家后面爬！而宝钢按年产钢600万吨设计，今后只能建两座高炉，把宝钢今后的发展余地给封死了，按照这样的设计，以后宝钢只能跟在人家后面爬！

面对当时中国政府确实有文件的事实，黄锦发决定只能走迂回路线，设法让日本方面提出修改设计，日本人是工程的"总包"。

于是，黄锦发向日方提出了一揽子修改方案：

宝钢总图应按能扩大到年产千万吨级钢厂

来设计，原料码头需有扩建余地，厂南侧留下800米宽的地域，作为发展用地。

看到黄锦发的修改方案后，水田永昭当即反对："不行！方案是日方董事会通过的，贵国确认的。"

听了水田永昭的那句"方案是日方董事会通过的，贵国确认的"。黄锦发想，既然是先由日方通过，那么现在由日方提出修改，顺理成章，看来迂回路线走对了，黄锦发心里有了数。

在谈判陷于僵局的当口，黄锦发一边邀请水田永昭再到现场察看，一边苦口婆心继续力争。

水田永昭终于被感动了。作为钢铁专家，他们的心是相通的，水田先生理解黄锦发的用意，更钦佩黄锦发的执着。回到宝钢宾馆当夜，水田永昭连续两个通宵，参考中方专家意见，将宝钢总图改成了后来的直线流水型布局。

直线流水型总图，为宝钢未来的扩建提供了广阔的发展空间。从水、电、气系统的布局上，从码头到整个流程的设置上，不仅为二期工程，也为三期工程预留了地方，打下了基础。

一、二、三号高炉的地方有了，以后再调整，连四号高炉的地方也有了。

直线流水型总图，损害了日本新日铁的利益。水田永昭因为没有贯彻董事会的意图，私自做主，回国后就被勒令停职反省，不久就被撤掉了日方的设计组组长职务。

　　后来的历史再次证明了黄锦发和水田永昭修改的这张总图是正确的，为宝钢以后的发展提供了广阔天地。

进行中日设备选型谈判

1978年,与日本进行总图谈判的同时,中日双方在其他领域的谈判也在激烈地进行着。

5月,以冶金部副部长李非平为团长的百人代表团到达日本,开始了中日B阶段设备选型谈判。

中日的较量再次展开了,在较量的同时,还发生了一件意外的事。

1978年5月,宝钢第一批谈判人员到日本已经20多天了,宝钢指挥部却没有获得半点音讯,大家都很着急。

出国人员的家属前来询问,宝钢指挥部的领导们也不知道该如何答复。

面对困境,宝钢指挥部就向有关部门询问,有关部门的回复也是"不知道"!

宝钢指挥部召开会议,紧急商讨解决此问题的办法。

会上,各种猜测不断,有人说可能是太忙,有人说可能联系方式出现障碍。

议论了半天,也没有能拿出个好的方案来。

最后,指挥部党委书记陈锦华提议:"我想是否可以往日本打个电话?"

打电话被允许了!

就在接到可以打电话答复的那天夜里,宝钢人集体向在日本谈判的中国人员打出了第一个国际商务电话。

通过电话,宝钢指挥部才知道,赴日代表团已经到达日本,并进行了正常的谈判。

会谈开始后,日方告诉中方,中方宝钢引进的样板厂为君津。

但是,中方决定要引进新日铁属下的八幡厂、大分厂中最先进的技术,并明确强调"引进最先进技术"是合同约定的。

于是,双方谈判陷入僵局,争论了一个多月。

最后,中国放出风声,又要到西方寻求合作伙伴。这一招,触动了日方神经,使他们不得不做出让步,满足了中方要求。

接下来是干法熄焦较量。

干法熄焦就是焦炭出炉后,送到一个密闭室,充阻燃氮气熄火,熄火过程中,将热能导引出来,供发电、供热,既节能又环保。

当时,干法熄焦是日本引进苏联技术后改进的一项新技术,在扇岛制铁所焦化厂成功应用。

中国炼焦全是湿法熄焦,湿法熄焦所产生的有毒气体和灰尘,既污染环境又致人中毒。

中方要求引进干熄焦技术,日方以君津厂没有干熄焦而回绝。

几经交锋,日谈判人员被中方的执着感动,同意了中方要求。

没几天，日本官方获得此消息，认为此项领先技术不宜向中国转让，下令阻止。

然而，此时协议已签。

接下来是转炉炉型较量。

日本君津的转炉炉型粗胖，大分厂的转炉瘦高，两者都是老型号转炉，最新型的转炉是八幡厂的转炉，不胖不瘦。

经中国专家考察，大家认为八幡厂的转炉是最经济最合理的转炉。

要就要最新的，这已成了当时中国代表团谈判时，面对引进问题必须坚持的一个原则。

因此，不管日方以君津样板厂加以阻拦，或以大分厂的转炉灵活加以辩解，中方仍坚持要最新型的。

谈判到最后，中方明确提出"不是最新的不引进"，面对中方的强硬立场，日方顶不住了，不得不答应了中方要求。

当时中国刚刚实行了改革开放，很多地方都还比较落后，中方代表团与外国人谈判时，外国人手里拿的是计算器，而中国代表用的却是算盘和皮尺。

晚上，外国人用微型打字机整理谈判记录，中国代表用圆珠笔垫着复写纸誊写。

然而，中国代表就是靠这种不先进的工具和方法，凭着一腔爱国热血，谱写了一曲曲捍卫了祖国利益的壮丽之歌。

这次去日本谈判的代表中，有一位老专家叫严宗德，此时已经年近60，身体瘦弱。

在严宗德与新日铁日本专家谈判宝钢钢结构厂房用材问题时，就是以中国人的这种精神，首次驳倒了日本谈判专家的理论，为宝钢节约了40万美金。

当时，宝钢的厂房全部采用钢结构，50多万平方米的房顶采用凹凸型钢板覆盖。

谈判在新日铁大分厂进行，日本设计专家确定了房顶钢板的厚度，严宗德通过计算认为覆盖宝钢屋顶的钢板厚度不需要这么厚，可以减少。

日本专家面对质疑，态度傲慢，坚持他们的设计是最合理的。

严宗德问道："据我所知，大分厂是新日铁最新的一个厂，它的设计应该是最合理的，大分厂的地理环境、气候与宝钢基本相同，我想宝钢的屋顶钢板厚度应当与大分厂一样。"

日本谈判专家说："当然，当然，应该一样，我们的大分厂就是以这个厚度设计的，你们可以看看大分厂的钢结构设计图。"

严宗德认真地提出："设计图我不要看，我要看实物！"

日本专家相互看了一眼，说："实物在大分厂屋顶，有20层楼那么高，没有电梯，只能依靠一个狭窄的供维修工人爬上爬下的钢梯上下，你想上去看……"

日本专家本以为这样可以难住严宗德，但他们错了！

严宗德听后，果断地回答说："我上！"

严宗德不由分说，起身快步走向大分厂。

日本谈判专家急忙跟上，眼看着这位中国专家登上钢梯，手攀脚蹬，艰难地向上爬去。

严宗德的行为令日本人很惊讶，他们怎么也想不到，一个身穿西服、颈扣领带、脚着皮鞋的专家，居然会爬上工人上下用的钢梯。

爬到屋顶的严宗德，测量了屋顶钢板，比图纸上的钢板厚度薄了许多。

在数据面前，日方专家没有说什么。

最后钢板厚度确定为13.5毫米，每平方米耗用钢材下降了2.4公斤，总计为宝钢节省钢材1200吨，折合40万美元。

蒋荣生提交勘察报告

1978年,初春的上海细雨绵绵,一片春意盎然的景象。

在宝山的农田中、泥滩里、水塘边,十几路勘察大军摆开阵势,数十台钻机日夜不停地向大地深处勘探。

此时,勘察大军在加班加点地进行勘探,一方面是为了尽快让宝钢上马,另一方面还有一个对日本"3个半月承诺"的问题。

原来,1978年的大年初二,冶金部武汉勘察研究院总工程师蒋荣生来宝钢工作,担任来自西安、保定、昆明、成都、武汉、长沙以及上海等10多个勘察队的总指挥。

蒋荣生来到后不久,就与日本进行了谈判。

一天,上海衡山饭店会议室里,中日双方代表唇枪舌剑,进行着紧张又激烈的谈判。

在一轮谈判将要休息时,一个日本专家一边整理材料一边满脸不悦地说了一席话。

中方翻译听了,皱了皱眉头,没有吱声。

休会期间,中方首席代表蒋荣生问翻译:"刚才那个日本人说了些什么?"

翻译犹豫了一下,告诉蒋荣生:"那个日本人说:你们倾国力投资建设这么大的项目，派来的却是一群不懂建设现代工业的人，连最最起码的地质资料一点儿也没准备！"

"太傲慢了！"蒋荣生对翻译说。

半小时后，中日双方又回到谈判桌上。

第二轮谈判一开始，那个日本专家再次提出了地基勘察问题："新日铁总部已开始对钢厂总图作详细设计，请中方明确告知什么时间能提供长江口地基勘察的精确数据。"

蒋荣生主动地问道："按正常的工作量，这项工程要多少时间才能拿出来。"

日本专家肯定地回答道："两年。"

"中日双方酝酿建厂花了多少时间？"蒋荣生的眼睛盯着日本专家。

"该有一年了吧……"日本专家说。

"就算一年吧，扣掉这一年，按一年拿出勘察数据，我们是不是一群不懂建设现代工业的人？"

这位日本专家一愣，他明白，今天遇到了一个对手，一个懂行的对手。

此时，日本专家知道：如此巨大的工程，没有准确的地质勘察情况，不知道地基工程如何处理，处理到什么程度，重达千万吨的设备如何布局，不搞清这些问题，详细设计是无论如何开不了工的。

但是，这位日本专家承包了工程的详细设计，按照一年勘察工期,再开工设计,日本专家在此期间将无事可做。

日本专家无奈地说:"蒋先生,按正常的工作量,这项工程没有两年时间是拿不下来的,可我们的设计人员等不及啊,我知道你们中国人能打硬仗,你能在8个月之内让我看到勘察报告吗?"

接着,这个日本专家再次肯定地补充道:"就8个月!"

蒋荣生清楚,早一天提供勘察报告,对宝钢的利益远远大于新日铁的利益。哪怕延迟一天,对宝钢的损失也是无法估量的!

但是,当时蒋荣生并没有马上回答。

"明天给你明确答复。"蒋荣生停顿了一下,对日本专家说。

蒋荣生不是空口说白话的人,他需要进行详细的计算,只有经过计算,才能说明问题。

为此,蒋荣生花费了整整一个晚上时间,进行计算、思考。

当时,西安、保定、昆明、成都、长沙、武汉、上海等10多个地质勘察单位千余名技术人员,已星夜赶赴上海,由蒋荣生总协调,总指挥。

有了这么多个地质勘察队的协同努力,只要精心组织,精心协调,3个半月拿出勘察报告,是完全可能的。

于是,蒋荣生心里有底了!

第二天，谈判继续，蒋荣生郑重地宣布：3个半月，拿出勘察报告书！

顿时，无论日方还是中方，所有参加谈判的人都大吃一惊，3个半月怎么可能！

"告诉他，一群不懂建设现代工业的人一定能在3个半月的时间里，拿出勘察报告书！"蒋荣生自信地对翻译说。

那个日本专家听了，站起身子，走到蒋荣生面前，深深地鞠了一躬。

此时，蒋荣生心里明白，这一鞠躬包含敬佩也包含感激，更包含赞许。但是，对于蒋荣生来说，这一个鞠躬更多的是对他的一种压力，一种无形的压力，或许还带着对他的蔑视和怀疑。

或者更确切地说，日本人在暗示："嘿！年轻人，看你的，等着瞧！"

于是，一场在3个半月拿出勘察报告书的攻坚战开始了！

而作为总指挥的蒋荣生更是最辛苦的。

钻探队员24小时轮班作业。轮班，每个人仍然是8小时工作制，有上下班概念，可蒋荣生没有。

白天，有空闲时间时，蒋荣生骑着自行车在泥泞的小路上来回奔波，到各个钻机收集数据，化验土壤，认真检查钻孔的勘察质量。

晚上，蒋荣生从工地回到自己那顶帆布帐篷里，俯在那张堆满数据的桌子上，审阅10多个勘察队每天送来的原始记录，复核上万个成果数据，安排第二天的工作进度。

当时，在宝钢工地上没有食堂，勘探工人吃饭搭伙在上钢五厂，从工地到上钢五厂，来回要一个小时。

时间对于蒋荣生来说是最为重要的了。为了节约时间，蒋荣生想了一个办法，3天去一次食堂，每次去时，买回满满一网袋馒头，蒋荣生就用这一网袋馒头来应付3天。

当时，面对别人的关心，蒋荣生还风趣地说："3天，可以节约来回9个小时，等于多了一个工作日，这多值啊。为了宝钢，我吃点冷馒头算啥！"

当时一个和蒋荣生在一起工作的同志，后来这样回忆道：

> 一个局级干部，骑自行车，住帐篷；床头挂着馒头袋，头上亮着长明灯；没有8小时工作概念，更不奢望节假日休息。

一天，西安勘察队队长到帐篷向蒋荣生汇报工作，看到他右手拿着馒头，左手握着铅笔，头枕着一沓钻探数据睡了过去，嘴里含着一块还没有咀嚼过的冷馒头……

那个队长一阵心酸，慢慢退出帐篷，立在帐篷外的寒风中。

这位队长是蒋荣生的战友,他知道蒋荣生已经 10 多天没有睡过一个囫囵觉了,这位队长要为他站一会儿岗,好让他多睡一会儿。

蒋荣生是上海人,大学毕业后被分配到武汉工作,父亲独居上海。

大年初二,蒋荣生到了上海,本当是个机会看看他的老父亲,但他实在无暇顾及,紧张的谈判使他无法分身,接下来 3 个半月拿出勘察报告的承诺连见缝插针看他父亲的余地也没有了。

5 月的一天,蒋荣生到市里和日本专家交换意见,回来的时候正好路过家门。

此时,蒋荣生正在低头沉思,走过家门时竟然没有走进去,要不是他的父亲见到他,在他的身后叫了他一声的话,他还不知道已经走过了家门。

蒋荣生听到父亲的叫声,转过身来,一下子把他父亲给吓坏了,父亲差一点认不出他的儿子,一头长发,满脸胡茬,又黑又瘦。

"你病了吗?"老父亲摸了摸儿子的头,非常焦急地问道。

"没有,我好着呢。"蒋荣生搀扶着父亲回到屋里。

老父亲看到蒋荣生如此憔悴,便硬拖着蒋荣生到医院里作了检查。

一检查才知道,自从来到宝钢工地,蒋荣生的体重整整降了4公斤。

本来打算让蒋荣生在家住几天疗养一下的,然而又出了意外情况。

严格、苛求,这是蒋荣生一贯的工作准则。就在他的父亲以为他得了大病的那天晚上,他突然发现一个土工试验的数据有差错。

起先,蒋荣生以为自己看错了,可再三核对,这个土方数据与实际确实不符。

当时,蒋荣生就想,怎么办?如果全部复查一遍,那是10多万个数据啊。

当时所有的算术,从最简单的加减乘除到复合运算,全部靠手工和算盘一笔笔地计算出来。

10多万个数据,需要多少个日日夜夜才能计算完哪!靠他一个人看来是万万不能的。于是,蒋荣生决定赶紧回工地。

第二天一早,蒋荣生把睡梦中的伙计们叫了起来,宣布重新计算。

听了蒋荣生的话,有一个人不以为然地说:"10多万个数字,偶尔错一个,不影响结论吧,我们还有很多工作要做呢!"

"对不起了,同志们,"蒋荣生冷峻地对着勘探人员说:"咱们都是党员,咱们要对党负责,对国家负责,就是累死,也要把问题弄清楚,宝钢工程来不得半点马虎,同意重算的请举手!"

听了蒋荣生的话，所有人都举了手，包括那个提出异议的同志。

就这样，蒋荣生和他的队员们苦苦地守着灯光，用那古老的算盘，敲亮了一个又一个黎明。整整 13 个昼夜，蒋荣生和他的伙计们硬是把 10 多万个数字一个个地重新验算推敲了一遍。

当时，蒋荣生的艰苦敬业精神感动了很多人，在上海被传为美谈。

《文汇报》记者周嘉俊获悉后，来到蒋荣生的帐篷里，要对蒋荣生进行采访。

到了蒋荣生的办公室后，周嘉俊看到屋角堆着两米多高的纸，每张纸上都有蒋荣生用红笔画出的疑问，然后是密密麻麻的复核。

周嘉俊翻了翻，那是各台钻机每天报来的日志，看着那一串串殷红殷红的笔迹，周嘉俊非常感动。

当晚，周嘉俊写了一篇通讯，他在通讯中这样写道：

那红红的，不是墨迹，不是从笔管里流出来的，而是从蒋荣生血管里流出来的一个中国知识分子报效祖国的丹心热血！

1978 年 5 月 30 日，蒋荣生兴奋地把一沓勘察报告交到了日本人的手里。

这比他的 3 个半月的承诺又提前了半个月！

日本专家震惊了，从常规两年才能完成勘察，到日本专家提出 8 个月看到勘察报告，再到蒋荣生承诺 3 个半月，而实际上只用了 3 个月的时间就拿出了勘察报告书。

当初嘲笑蒋荣生不够专业的那个日本专家，再次被震撼了！此时，他心服口服，原来的傲气已荡然无存。

蒋荣生的一纸报告，为宝钢建设铺下了一块最坚实的基石！

关登甲打下宝钢第一桩

1978 年 11 月 7 日，宝钢高炉工程要打第一桩，这是整个宝钢工程的第一桩。

为了打桩，在此之前宝钢对关登甲等人还进行了专门培训。

宝钢地基软弱，需要加固处理，为了稳固地基，日本专家建议多打钢管桩，他们已经对这块土地的打桩费用作了估算，需要 11 亿元人民币。

当时，宝钢的高炉、转炉、初轧、焦化、烧结、连铸等主要设备基础，重型吊车厂房基础，沉降要求严格的动力设备基础，都要采用直径 900 毫米、长 60 米的钢管桩，按设计，需打钢管桩 41 万吨。

日本专家希望宝钢多打钢管桩，因为钢管桩是从日本进口的。

中方专家按照蒋荣生提供的地质报告，向日方提出了针对不同地质情况，分别采用钢管桩、预应力钢筋混凝土管桩、钢筋混凝土方桩等不同的构筑桩基的方案，在中方专家力争下，日方同意了中方专家意见。

于是，打桩的实际费用降到了 8 亿元以下。

然而，如何打桩在当时对于中国人来说也是一个很大的难题。

当时对于宝钢建设者来说，别说是打桩机，连钢管桩是什么样子也没有见过。

因此，请日本专家进行培训十分必要。

1978年10月的一天，日本打桩专家久田来到打桩培训现场。

培训开始后，一切按部就班，任何人不得违反久田订立的规矩，学员私下给他起了个"冷面先生"的雅号。

事实上，那时中国的学员面对打桩机这种"洋货"的确一无所知，也只有听他的份。

一天早上，刚刚踏进教室的久田似乎发现了什么，破例翻开了花名册，开始核对学员牌号。

久田注意到有一个学生每天偷偷地来，悄悄地走，好像做了亏心事一样从来不与他对视。

"出去！你没有登记。"久田来到这个学生跟前，用生硬的汉语冲着那个学生大吼了一声。

这个学生叫关登甲，当时确实是从二十冶天津铁厂工地临时调来宝钢工地学习打桩的。他来到宝钢时，报名时间已过，只得借用别人的牌号混进课堂。

知道情况后，久田被关登甲这种学习精神所打动，同意了关登甲来参加学习。

得到久田的允许后，好奇心与勤奋好学，加上严师久田的教导，关登甲很快通过了理论关。

紧张的理论课后，真正的实践开始了，这对关登甲等中国学员又是一个巨大的挑战。

关登甲来到打桩机边，摸着这洋玩意儿，心里感到万分激动。

久田首先爬上打桩机，开始进行示范。久田确实不愧为老师，操作起来相当熟练。

关登甲等人目不转睛地注视着久田的每一个动作和动作的幅度、用力的程度以及操纵杆移动的角度，他们一一看在眼里，记在心上。

久田数次示范后，示意关登甲登上打桩机。

20多米高的桩机导杆在空中晃晃悠悠。关登甲手握操纵杆，将桩锤缓缓抬起，顷刻间，整个打桩机猛烈地抖动起来，似乎要倾翻了。

顿时，关登甲闭上眼睛，吓得满头冷汗。

久田失望地摇摇头，示意关登甲下车，让别的学员试锤。

关登甲摇摇头，"太丢脸了！"他一咬牙，一种责任使他迅速战胜了恐惧，按照久田的示范手脚动作起来，一下、二下、三下……数次下来，桩机终于被他驯服。

一天，关登甲看到仓恒很轻松地就把桩口准确地纫在桩帽上，而这个动作关登甲练了好几天，怎么也掌握不了要领。

"你的纫桩打得真好，能教教我吗？"关登甲对着刚刚爬下桩机的仓恒说。

仓恒被关登甲的谦逊、诚恳所打动，重新爬上桩机，一面操作，一面手把手地教他，给关登甲开起了小灶。

一个月后，打桩班结业，关登甲不负众望，考了个全班第一。

于是，关登甲被选为打宝钢第一桩的选手。

嘟、嘟、嘟！清脆的哨声响了，关登甲稳稳地坐到桩机驾驶室里。

宝钢工程需要打10多万根钢桩，整个宝钢就是建在这一根根桩上的，这是举足轻重的第一桩！

宝钢领导在一旁看着他，外国专家在一旁看着他，他的老师久田和仓恒也在看着他，整个宝钢工地都瞪大了眼睛，关注着关登甲。

关登甲全神贯注地盯着钢桩顶部，灵活地操纵着手柄，就在机车稍微转动的同时，只听"咪"的一声，桩口准确地套进了桩帽，对准了桩锤。

20吨重的柴油桩锤高高悬起！

"砰——哐""砰——哐"，一声声巨响震天动地，青灰色的烟雾缭绕在工地上。钢管桩一米一米被楔进地下。

突然，桩锤回弹越来越低。

经专家分析，是因为土层松软，回弹无力。人们开始担心起来。

继续锤击，一切正常。

原来是一场虚惊！钢桩向地层深处延伸着。

2小时13分钟过去了，64.5米的钢桩全部打入地下。经过测量，垂直度、平面位移全面优于日方的标准。

顿时，现场一片欢呼，鞭炮齐鸣。

第一根钢桩顺利入土后，宝钢工地数百部打桩机全部开动，第二根，第三根……长江边的锤声震天动地，响彻日夜！

那一根根直径900毫米、长60多米的钢管摩擦桩与土层拥抱在一起，形成了一个完整的地下骨骼，使十多平方公里的土地成了一张硕大无比、稳如泰山的钢床。

12月21日，中日双方在上海锦江饭店举行《关于订购上海宝山钢铁总厂成套设备的总协议书》及高炉、焦炉、转炉三个成套设备合同的签字仪式。

一切条件都具备了！

于是，大家一致同意于12月23日举行开工典礼，宝山钢铁总厂正式开工建设，预定分两期，用7年时间建成。

三、开工建设

- 李国豪把脸转向在座的宝钢指挥部领导，平静而郑重地说："可以向北京报告，请党中央放心！"

- 陈锦华略显激动地说："7万多施工队伍正在日夜奋战，下马，损失太大。"

宝钢举行开工典礼

1978年12月23日，宝钢一号高炉所在地，到处彩旗飞舞，锣鼓喧天。

我国第一个现代化的大型钢铁联合企业上海宝山钢铁厂，经过一年紧张施工准备，终于迎来了开工典礼。

国务院副总理谷牧、中共上海市委书记彭冲、冶金工业部部长唐克、六机部部长柴树藩、国家计委副主任顾明、国家建委副主任宋养初、国家经委副主任邱纯甫、外贸部副部长兼中日长期贸易协议委员会主任刘希文等领导同志出席了动工典礼。国务院其他有关部委负责人，与宝钢工程有关的山东、江苏、浙江、安徽省代表，中共上海市委、市政协，各有关省市和宝钢总厂工程指挥部负责人也参加了动工典礼。

以稻山嘉宽为团长、斋藤英四郎为副团长的日本参加上海宝山钢铁总厂动工典礼访华团全体成员，日本驻中国大使佐藤正二、驻上海总领事浅田泰三以及日本使馆其他外交官员、在沪日本专家、技术人员等，应邀参加了动工典礼。

10时，开工典礼在乐队高奏的国歌声中宣布正式开始。

冶金部副部长、宝钢总厂工程指挥部总指挥叶志强主持了开工典礼。

典礼开始后，彭冲首先代表中共上海市委向大会致以热烈的祝贺。他说：

> 这个工程是党中央批准的新中国成立以来最大的一个基本建设工程。建设好这个钢铁联合企业，标志着我国钢铁工业水平，由50年代跃进到70年代。这对于提高我国的钢铁生产水平、技术水平和管理水平，对于支持我国农业、国防、机械工业、电子工业与国民经济各部门的发展，对于实现国民经济10年规划的宏伟目标，加快四个现代化的步伐，都有重要的意义。

最后，彭冲同志说：

> 我们参加会战的每一个同志，都要奋起直追地学科学、学技术、学管理、学外语，尽快提高我们的科学文化水平，尽快地成为能够建设现代化工厂、掌握现代化技术、管理现代化企业的内行。我们应当虚心学习日本和其他国家的先进技术和科学管理的经验，充分发挥我们的主观能动性，发挥我们的聪明才智，使外国的先进经验在宝钢开花结果。
>
> …………

我们要努力把宝钢这个会战现场办成学习和掌握现代化技术的大学校。

接着,在宝钢荣立二等功的青年打桩工关登甲同志代表全体会战职工,在会上表示了决心。

新日铁董事长稻山嘉宽先生热情洋溢地在会上致辞。他说:

今年10月缔结了日中两国人民盼望已久的日中和平友好条约,从此以后,两国之间友好往来以及贸易和经济的交流,势必会像一股激流,以汹涌澎湃之势向前发展。

…………

我代表日方要做到在中方的配合下,顺利地完成这个光荣的宝钢建设的重要任务。我们决不停留在完成工厂的建设上,而且要在操作技术、生产管理技术的配合上,决心不遗余力地协作,以适应日中新时代的要求。这样的友好合作,只有在以友谊和信义为重的一衣带水的日中之间才能实现,我们打算首先在宝钢做出一个基于互相信任的国际的出色典范。

谷牧在会上讲了话。他热烈祝贺宝山钢铁总厂全面动工,代表国务院向参加宝钢会战的广大工人、技术人员、干部、解放军指战员和农民表示热烈的祝贺。向专程前来参加动工典礼的稻山嘉宽先生、佐藤大使先生、全体日本朋友和帮助建设的日本专家、工程技术人员表示衷心的谢意。

讲话结束后谷牧在热烈的掌声中,为宝钢总厂奠基剪了彩。

接着,三台高耸挺立的打桩机,"嘭、嘭、嘭"地把钢管桩渐渐打入地层的 60 米深处。

深褐色的钢管桩上,用白漆写着"为抢建现代化的宝钢打下坚实的基础"一行醒目的大字,反映了全体施工人员的共同心愿。

当打桩英雄关登甲操纵打桩机打下第一根钢管桩,标志从这一天开始,举世瞩目的宝钢工程建设开工了。

开工后面临的下马问题

1978年12月,宝钢工程开工了。

全国上下都非常关注宝钢建设,各省市都纷纷出财、出物、出人,积极支持保钢建设。

各省市的支援队伍、支援物资纷纷涌向上海,很多小学生还把平时省下的零花钱也寄给了正在建设的宝钢。

作为第一个现代化钢铁厂的建设者,宝钢人更是激情高涨,从干部到职工纷纷加班加点,很多工人为了抢工期,就吃住在工地,甚至半年都不回家一趟

有个叫王有发的工人,结婚才5天就来到了宝钢工地,并且7个月没有回家一次,直到后来累倒了,才被迫回家休息几天。

火一样的激情使工程的进展神速,宝钢工地一片热火朝天的景象。

然而,宝钢一开工就遇到了麻烦。

当初中方为把钢铁建成规模大、现代化的钢铁厂,与日本达成了近20亿美元的合同,总投资概算也达200亿元人民币。

当时,十一届三中全会刚刚闭幕,中国经济刚刚开始步入正轨,经济基础十分薄弱,各项经济政策都处在调整时期,资金状况捉襟见肘,尤其是要支付各种需要

的外汇更是少得可怜。

1979年3月21日，在中央政治局会议上，陈云发表讲话，对当时冶金部提出的大规模引进设想提出异议。

陈云说：

> 共产党员谁不想多搞一点钢？过去似乎我是专门主张少搞钢的，而且似乎愈少愈好。哪有这样的事！我是共产党员，也希望多搞一点钢，问题是搞得到搞不到。可以向外国借款，中央下这个决心很对，但是一下子借那么多，办不到。
>
> 有些同志只看到外国的情况，没有看到本国的实际。我们的工业基础不如他们，技术力量不如他们。有的国家和地区发展快，有美国的特殊照顾。只看到可以借款，只看到别的国家发展快，没有看到本国的情况，这是缺点。不按比例，靠多借外债，靠不住。

实际情况正如陈云所说，当时引进宝钢这样的大型项目，国外进口设备需要大量资金，国内配套设备材料也需要大量资金，这对调整中元气尚未恢复的国民经济来说，的确是一个相当沉重的负担。

宝钢开工不久，其巨大的投资对国民经济全局的影响就显现了出来。

同时，很多当初没有全面考虑的问题，开工后都暴露出来了。公路等基础设施严重不足，建钢铁厂需要新建配套的基础设施；华东电力、用水本来就紧张，再加上一个宝钢就更困难；上海地质条件也是个问题，光打地基就要花不少钱。有人形容说宝钢是用钞票一寸一寸垒起来的。

国内不少人议论纷纷：

"建成后，宝钢每年只能支付利息，贷款几辈子也还不清。"

"给子孙后代留下了后患。"

"我们上了一个大当。"

"要上没钱，要下太吃亏。"

当时，宝钢已经同外商订了合同，由于风闻中国即将全面开始经济调整，外国厂商担心影响自己的利益，更是加速向中国抢运设备。日本方面行动很迅速，按照协定准备了材料，组织生产，快速地将大批引进设备源源不断地运抵中国。

货物已按协议交付，中国方面就不好说不收、不建了。已经订了合同，如果不履约，外商是要索赔的。

那样损失相当大，也严重影响中国的国际声望和信誉，对进一步的对外开放十分不利。

在国内，宝钢从1978年破土动工以来，建设工程已全面展开，高炉、焦炉、转炉和电站等主体工程基础桩都已打完，现场施工队伍已经集结了四五万人，一下子也难以停顿下来。

面对进退两难的情况，当时中国各方面的意见很不一致。

有的说要全部下马，有的说可以部分下马，还有说下马损失太多受不了。有的说已经进口的设备先放起来，形势好转了再说，有的却说与其保存在仓库里，倒不如把它安装起来，哪怕不能开工也行。

不管采取哪一种下马方案，中国的利益都会受到损害，而继续建设，资金又面临紧迫。

宝钢应该何去何从一下子成了一个大难题。

陈云支持宝钢干到底

1979年初,宝钢困境出现后,中央领导同志非常焦急,李先念主张请陈云同志出山去解决,中央同意李先念同志的意见。

陈云以党和国家的大局为重,不顾自己年事已高勇于承担了去宝钢调查的重任。

陈云认为宝钢建设是改革开放以来最大的引进项目,其成败不仅关系到钢铁工业上不上得去的问题,关系到调整的成败,还关系到中国的国际影响问题。

宝钢建设虽因仓促上马,造成上下两难的困境,但陈云仍认为应从各个方面考虑,努力弥补过去的不足。

为此,陈云在北京仔细研究了有关宝钢建设的资料,在比较中发现和思考到了一个建设中的重要问题,即建设周期问题。

陈云把建设鞍钢与建设宝钢作了比较后,提出:

> 1901年日本人建设鞍钢,搞了40年,新中国成立后我们又搞了30多年,前前后后70年,才建成年产600万吨钢的钢铁厂。
>
> 当然时间拉得这样长,有一些客观原因,例如受当时科学技术水平较低以及战争影响,

但宝钢按设计要求用7年完成，只占鞍钢的十分之一，建设周期是否太短，也就是是否对建设过程中的困难有考虑不周的情况。对宝钢建设周期感到实在太紧，当时资金短缺，不能用现金支付全部进口设备及国内配套费用，这样就使工程陷于困境。

陈云提出宝钢要继续干下去，但要拉长建设周期，先上一期，迟些时间再上二期。推迟的一些项目，按合同进行赔偿。

因为拉长建设周期，资金就可以搞活了；一期工程投产又可以为二期工程积累资金。这样既能坚持干下去，又能解决一些建设资金支付不足的问题，使工程走出困境。

5月9日，国家计委、经委、建委、冶金部、外贸部、一机部和中国人民银行，即"三委三部一行"，关于宝钢建设问题向国务院财经委员会和国务院提交报告，明确主张：

主体设备引进，买技术和专利，但为了增加国内自制设备的能力，将3套轧机改为同外商合作制造。二号高炉及三、四号焦炉等大大增加国内分交的比重。把原计划1981年底建成一号高炉系统、1983年底全部建成的进度，予以调整、推迟，不要操之过急。

5月11日，陈云看了这个文件，对其中的建议做了认真的思考。

其后不久，陈云让薄一波代表国务院财经委员会，召集多年搞财经工作，特别是冶金工作的七八个人开了两次会议。这些人是姚依林、薄一波、王鹤寿、吕东、沈鸿、柴树藩等。

经过讨论，这些有多年财经工作经验的同志也赞成陈云的意见，认为可以把建设周期拉得长一些。另一方面，主张立足国内，多分交一些设备，锻炼自己的机械制造能力，只进口关键设备，以便发展国内机械工业。

陈云很重视这个意见，觉得有道理。

不久，中央经过讨论，下了决心，要把宝钢工程搞到底。但是，如何把这项国内外瞩目的重大工程安排好，而又不影响到中央经济调整方针的贯彻，成了一个很棘手的问题。

5月31日，为了取得第一手的资料，陈云亲赴上海，进行调查研究。

到达上海后，陈云不顾身体虚弱，每天忙个不停，仍然坚持用90%以上的时间了解情况。

陈云听取了上海市委有关同志的意见，还召开座谈会，听取上海冶金局和上钢一厂、三厂、五厂的意见，并派秘书王玉清到宝钢工地现场，找工程指挥部的一些同志了解情况。

经过这些座谈会和实地考察,陈云认识到,过去国内虽然搞过有关项目,也有过成功的经验,但宝钢成败关系太大,绝不可拿来练兵,万一有失,后果不堪设想。

于是,陈云产生了一个想法:

> 立足国内,当然符合自力更生的建设方向,但是搞大型现代化钢铁企业,国内实在缺少必要的经验,冶金部、一机部的能力令人担心。国内机械制造能力,集中力量搞一些项目有过成功经验,但宝钢关系太大,不能拿来练兵,还是立足国外比较保险。技术资料也要全套买下来。

为此,陈云还和宝钢领导同志对这个想法进行了沟通,宝钢干部也主张设备全部进口。

6月6日,陈云离开上海前,从全盘考虑,最终决定还是按有关部门的意见,设备要进口,也要有一部分在国内分交,技术资料要全部买下来。

一个半月之内,陈云集中考虑宝钢建设方针,反复权衡,最终才拍板定案。

6月16日,陈云在中央财经委员会上提出了8条建议,发表了"同心协力,建设好宝钢"的讲话,这是陈云此次调查研究的结论。讲话内容摘要如下:

第一，干到底，这是先念同志的话，我赞成这个意见，举棋不定不好。

第二，应该列的项目不要漏列。店铺开门，不怕买卖大。外部协作条件要考虑周到，事先预料到，比事后追加好。

第三，买设备同时也要买技术、买专利。

第四，要提前练兵。宝钢技术先进，各方面都要求很高，一定要抓好技术练兵，以保证产品质量，并可在国内推广先进技术。

第五，由建委抓总。负责人第一是谷牧，第二是韩光，冶金部有叶志强，上海市是陈锦华。

第六，对宝钢要有严格的要求，甚至要有点苛求。只能搞好，不能搞坏。宝钢是四化建设中第一个大项目，一定要做出榜样来。

第七，冶金部有带动其他各部的责任。冶金部是重工业各部中一个重要部门，特别是壮大一机部机械制造能力，是冶金部应有的责任，冶金部应有这样的全局观点，各有关部门像煤、电、铁路、水运、一机部等，都必须同心协力，把宝钢的事情办好。

第八，冶金部要组织全体干部对宝钢问题展开一次讨论，采纳有益的意见，对不同的意

见也要认真听，目的是为了把工作做得更好。我主张组织全国主要的冶金专家都来参加讨论，而且不止一次，让他们都要参与、过问、接触、关心这件事，没有什么保密的。为什么请专家讨论？因为建成以后要靠他们来工作，必须提高他们的技术水平，外国专家是要走的。

陈云的意见得到了与会代表的认同，会议一致同意陈云的意见。

第一条就是决定干下去，把宝钢建设项目进行到底，不能犹豫不决。

陈云同志极为重视宝钢建设在全国四化建设中的地位，他强调宝钢绝对不允许"失街亭"，"失街亭"是要"斩马谡"的。

工程热火朝天地进行时，当时中央一位领导同志提出因资金不足要把工程停下来，非下不可。

韩光和工程指挥部的同志很为难，因为全部停建损失太大。这时不仅基础、机座工程都已筑好，而且绝大部分设备已经到厂。

如不安上，露天摆放，风吹雨打，就会被腐蚀。如再建设库房则必然花费大量资金，更不合算。

于是采取了"就位维护"的方针，把已到厂的设备照样安上，特别是电气设备，不仅安上运转起来，还能有效地进行动态维护。

同时，把极少数不急的工程停下来，尽量减少停建时间和经济损失。

这样，形式上似乎停下来踏步不动，但实际上工程照样进行，逼出来一个明停暗不停。

硬是拖了七八个月，坚持没下马，又继续建设下去。如果不是陈云同志第一条干到底思想深入领导，深入群众，恐怕很难不下马，一下马耽误的时间可就大了。

第五条要求建立责任制，首先要建立领导责任制及各部门的责任制。

明确责任，有利于统一指挥，有利于各部门协调配合，及时解决问题，减少扯皮。

国务院曾正式下文任命韩光同志为宝钢建设国务院代表，驻宝钢指挥，有关部门大力协同，他为此费尽了心力。

当时国务院有关部委正式成立宝钢建设联合办公室，在国务院代表韩光主持下，每年召开两次会议，指挥有关部门大力协同，及时解决建设中提出的问题。

韩光同志讲，他在每次会议上必讲陈云同志"苛求"的要求，讲清为什么要"苛求"，反复落实"苛求"，以保证工程质量。

突出强调技术问题和质量问题，要求学习技术、尊重技术、尊重专家。

例如对工程质量要严格要求，甚至"苛求"。提出买设备同时买技术和专利。为了掌握新技术，保证质量，要提前练兵。又如提出外国专家要请，但最后还要依靠中国专家，把经验积累起来。要求组织冶金专家讨论宝钢建设情况，使之关心宝钢。

走群众路线，要求在冶金部对宝钢问题展开一次讨论，采纳正确意见，对不同意见也要听。

6月16日的那次财经会议后，根据陈云和李先念的意见，形成了"中财委关于宝钢建设问题"向中央的报告。

9月，经陈云、李先念批准，上报中央，中央常委圈阅同意，宝钢建设在总体上即按照报告精神贯彻执行。

在党的十一届四中全会期间，邓小平谈到宝钢时明确表示："历史将证明，建设宝钢是正确的。"

邓小平和陈云的支持给了困难中的宝钢人以极大的信心。

任嘉鼎为宝钢节省投资

1979年5月,宝钢建设全面展开了。

宝钢这块土地,多年前还是一片汪洋,经千余年堆积成现在的软地层,载荷每平方米只有8吨,而宝钢负荷要求,特别是原料场,最高载荷每平方米将达到30吨。

日方专家提出了"小口径沙桩小距离打桩"的地基处理方案。

宝钢工程地基处理专家任嘉鼎获悉后,依据他20多年的地基处理经验,认为宝钢的地基可以用"大口径大间距沙桩"处理,这样可以为宝钢建设节约一大笔投资。

谈判开始后,任嘉鼎以中方主谈的身份提出改变日方设计方案。

面对中方的质疑,日本专家态度傲慢,他们说:"不行,如果你要坚持改变,地基塌陷、隆起、倾覆……你们的负责!"

听了日本专家的话,原来极力支持任嘉鼎的宝钢专家们心里也没有底了,他们怀疑地说:"对方是掌握高科技的日本,要改变他们的设计方案,我们能行吗?"

有关领导也是非常不放心的,他们还专门找了任嘉鼎,叫他谨慎从事。

有些人则明确地劝说："按照日方方案办，省心、省力、省事，没有风险，再则，节约的钱又不放到你的口袋里，干吗这么认真！"

然而，任嘉鼎不为所动。

任嘉鼎的同事也知道他的禀性，一旦认准了的事，非干到底不可。

为争取主动，任嘉鼎到实地进行了地基堆载试验。通过认真的实验，任嘉鼎掌握了数据，他心里更有底了。

任嘉鼎再一次向日方提出了挑战。

谈判桌上，再一次剑拔弩张。

谈判开始时，日方依然十分傲慢，听不进任嘉鼎一丁点儿的意见。

面对傲慢的日本专家，任嘉鼎首先发问："你们掌握了多少宝钢地底下的情况，能拿出多少要打'小口径沙桩小距离打桩'的数据……"

日方专家也不示弱地说："你们能拿出'大口径大间距沙桩'数据？"

任嘉鼎把地基堆载试验的数据送到日方专家面前，盯着日本专家说："看一看，能不能替代你们的方案！"

面对如此翔实的数据，日方无话可说了。

任嘉鼎挑战成功，在宝钢的建设史上第一次改变了领先于中国科技的日方宝钢地基处理设计方案，为国家节约了3000万元人民币的投资。

任嘉鼎本人也为此而荣获国家科技进步特等奖。

与此同时，任嘉鼎还否定了日方设计的 2 万立方米重油罐地基处理方案。

按日方设计，2 万立方米重油罐的承载必须打桩支撑。任嘉鼎认为，该设计造价大且不稳固，以砂井地基处理更为合理。

日方起初不同意，但拗不过任嘉鼎的执着，在任嘉鼎的挑战面前，败下阵来，最后将该项设计全部推给了中方，并且声明，一旦出了事全由中方负责。

任嘉鼎挑战日本专家挑到了自己的头上，但他不怕，他要让日本人看看中国人的能耐。

任嘉鼎承担了很大的风险，承担了设计并负责实施全过程。

重油罐落成后，经过 10 多年仍然完好无损。这充分证明了任嘉鼎的观点是正确的。

李国豪解决位移难题

　　1980年7月16日上午，宝钢工地酷热难当，而建设工人干得却是热火朝天。
　　突然，一个令人震惊的消息随着热浪迅速在建设工地上传播开来：

　　　　已经打入地下的钢管桩长了腿，跑到一边去了。

　　接到报告，工程指挥部施工总工程师陆兆琦立刻担心地说："位移！"
　　问题非常严重，陆兆琦迅速赶到现场。
　　到达现场后，陆兆琦立即向设计和施工单位下了指示：全工地复查，是个别现象还是普遍现象。
　　复查的结果令人震惊：建设工地发现了多个地方的钢桩有水平位移。
　　现场的宝钢建设者们愣住了，指挥部全体人员都惊呆了。
　　当时有很多人都想："这是塌天大祸啊！如果照这样下去，宝钢不是要滑到长江里去了？那上百亿的投资不就全泡汤了，我们难辞其咎啊！"

一时间，举国上下都觉得隐隐不安。

消息很快惊动了中南海。中央书记处接到宝钢报告，紧急开会商讨，李先念批示宝钢指挥部："要慎重、慎重、再慎重！"

宝钢工程总指挥约见日方代表，日方代表表示没有这方面的经验。

问勘察总工程师蒋荣生是否是深度不够导致位移，蒋荣生回答得很肯定，钢桩已打入地下60米，有足够的地基承载。

问裂缝专家王铁梦，王铁梦建议说，世界上位移经常发生，但宝钢工程关系重大，需要借助更高层次专家的智慧。

王铁梦的意见被宝钢工程总指挥采纳了。

工程总指挥立即吩咐办公室，把宝钢顾问委员会统统请来共同讨论位移问题。

在一个周末，冒着炎炎烈日，10多位年逾花甲的老专家在一根根桩基前细细观察，凝神思索，各抒己见。

讨论会上，宝钢顾问委员有两种意见，一种是软弱地基上发生位移是正常情况；另一种意见则正相反，认为位移是一种非常严重的现象，需十分注意。

经过激烈的探讨，大多数顾问委员一致认为位移是正常现象，不必担心。

然而，认为没事必须拿出证据才能让人放心。面对这突如其来震惊全国的位移，消除越传越玄的流言蜚语，卸下宝钢方方面面领导肩上的重负，需要的是一个理想的处理方案和权威意见。

显然在此次会上没有人能拿出一个权威的证明出来。领导们更加着急了，讨论依然在激烈地进行。

在大家激烈讨论的时候，却有一个人没有发表意见，只是认真地听，默默地记着笔记。

这个人就是李国豪，他是上海市政协主席、同济大学名誉校长、宝钢顾问委员会首席顾问，更可以堪称是一代国际土木桥梁大师。

此时此刻，李国豪心里明白，作为首席顾问，他必须拿出那份大家都希望看到的权威证明来！

当天夜里，宝山宾馆的一间客房里，灯光通明，灯光下，李国豪正俯在桌上细细演算。

桌上铺着一张张白纸，纸上满是一道道算式和一幅幅草图，没有任何先进的计算仪器，靠的只是人脑和圆珠笔。

当上海迎来又一个黎明的时候，一份翔实周密的报告终于完成了。

当天，在宝山宾馆的一间小会议室里，座无虚席，两块大黑板靠在墙上。这里聚集了宝钢领导、技术人员和各路专家，他们正准备听取李国豪的报告。

眼睛布满血丝的李国豪走上了讲台，他一边讲解，一边用粉笔在黑板上列出方程式，边演算边开始了他的理论阐述。

大家都聚精会神地听着李国豪的分析，小会议室里很静，只有李国豪清脆的嗓音和粉笔在黑板上书写发出的声音。

整整两个小时，李国豪没有半点倦意，他运用力学原理和数学的微分方程式解释了地基位移现象，提出了位移是由桩基周围挖土、降水以及堆物过重引起的地层应力的失衡造成的。

最后，李国豪大胆断言：只要采取适当措施，位移问题无妨大局！

说到这里，李国豪把脸转向在座的宝钢指挥部领导，平静而郑重地说："可以向北京报告，请党中央放心！"

顿时，小会议室里响起了一片热烈的掌声。

接下来，北京冶金建筑研究院、二十冶金建设公司、上海基础公司等单位又进行了位移钢桩荷载试验，即对初轧厂两根位移最大的钢管桩进行为期一周的分别荷载225吨和250吨的试验。

经过试验，两根桩的桩身以及承载值没有发生任何变化。

李国豪的论断完全被证实了！

"请党中央放心！"李国豪的意见非常有分量。中南海终于等到了一个理想的处理方案和权威意见。

然而，仍然有人怀疑，甚至怀疑宝钢在这个问题上做假。

国家建委的一名领导干部专门打电话到宝钢指挥部

查问:"是李国豪亲口说的吗?有没有签字?还是你们借用李国豪的名义?"

当宝钢肯定地回答他这是李国豪的论断后,这位干部甚至提出还要核实李国豪的签字。

就这样,宝钢钢桩位移的问题被解决了!

于是,中央放心了,全国人民放心了,宝钢的建设者们更放心了!

宝钢决定从长江引水

1980年初，投资1.1个亿的淀山湖引水工程正式开工了！

开工不久，上海各界和市民纷纷提出，淀山湖是上海市最大的湖泊，现存的唯一的清洁水源。上海生产的发展，市民的生存，希望都寄托在淀山湖。

宝钢这个用水大户取水淀山湖，可能会给全上海的淡水供应和下游的生态平衡带来严重影响。

与此同时，为调整国民经济，国务院决定宝钢工程缓建，引水工程也就缓了下来。

但引水工程是必须及时修建的。因为宝钢建成后，整个设备系统每天需要400万吨循环水，用量几乎等于当时整个上海工业和居民用水的总和，而且水的氯离子每升最高不能超过200毫克，否则会影响钢材表面质量并加快设备系统的腐蚀。

有人提出从长江引水，但是经考察，宝钢处于入海口，海水一天两潮，倒灌厉害，特别是每年11月至来年4月间的枯水季节，长江口水中的氯离子每升长期高于1000毫克，1979年2月曾测得每升3950毫克，比中、日双方约定的最高值高出20倍。

看来，直接从长江引水不可行。

面对引水工程的困境，宝钢建设者们非常着急，却又一筹莫展。

1981年初，宝钢设计管理处李祥申设想用明渠和暗渠引江苏常熟长江水，上海市科协陆柱则设想用化学药剂降低氯离子直取长江水。

紧接着，又有多个长江引水的设计方案提了出来。但是，水源是钢厂的命脉，稍有耽误，损失无法想象，来不得半点冒险。

而浩瀚长江朝夕变化，水无定质，那些肉眼难辨、无孔不入的氯离子困扰着决策者们。因此在引水于长江的设计方案上，大家都很谨慎。

宝钢设计管理处的姜凤有和张元德顺利解决了引水长江的氯离子问题。

姜凤有到有关部门搜集到一份8年来长江口每小时的氯离子浓度记录，4万多个数据显示：氯离子的浓淡是随潮汐而有规律地变化的。于是，提出了按潮汐规律规避氯离子的理论。

与此同时，张元德则深入现场，到长江边实地踏访。他几乎走遍了从吴淞口到浏河口沿江的芦苇丛、烂泥塘，白天观测、记录、取水样，找老农民、老渔工做调查，晚上整理、分析资料。

经过4个多月夜以继日的工作，张元德搜集了6万多个确切数据，总结出了长江水咸淡的规律，提出了"避咸潮取水，蓄淡水保质"的设想。

张元德的"避咸蓄淡"的设想，引起了宝钢副总工程师凌逸飞的重视。

于是，凌逸飞亲自走访了吴淞自来水厂，搜集资料。这位早年毕业于同济大学的老科技工作者开始从淡水径流和咸水潮汐运动之间的关系，从日变化、半月变化、月变化、季变化、年际变化以及纵向分布、横向分布、垂向分布等方面，全面系统地按时间和空间分析了氯离子浓度的变化规律，论证了张元德的"避咸蓄淡"的科学结论，十分精准地绘制了一张长江口氯离子在朔、望之间的变化表。

同一时间，老专家王中正也提出了相同的研究报告。

大家认识到，潮汐的变化也是有规律的，氯离子与海潮是相伴相生的，在一天之内，一月之内，随着潮涨潮落和大潮小潮的变化，相应地由高到低，再由低到高，江水由咸转淡，再由淡转咸。

即便在枯水季节的枯水期间，长江淡水每天也有处于允许值内的时候，只不过时间短暂而已。

因此，选择适当位置筑建水库，在江水氯离子符合允许值要求时大量提水进库；当氯离子超过允许值时，停止抽水。

这样，避咸蓄淡，长江淡水就可取之不尽用之不竭。

一个大胆的想法终于逐渐形成：

改变宝钢取水淀山湖的决策，引水长江。

紧接着，成立领导小组，引水长江的方案通过了专家论证。

1981年年底，黄锦发和凌逸飞向国家计委基建办公室副主任石启荣汇报了引水新设想。

石启荣听到此方案后，感觉很有可行性，就答应与国家计委、冶金部沟通。

1982年4月5日，宝钢指挥部领导就长江引水问题，紧急拜访李国豪。

此时，李国豪早有思想准备，当即约见陈锦华。

经过反复讨论，很快，陈锦华与李国豪取得了共识，认为可以采取引水长江方案。

紧接着，陈锦华召集宝钢领导班子开会，以组织名义定下引水方案。

一个月后，国务院代表韩光原则同意了长江引水方案，并向副总理姚依林报告，姚依林接到报告后向国务院总理和副总理作了汇报。

最终，国务院同意改取水淀山湖为取水长江。

1983年1月，几经曲折，国家计委才通过了宝钢引水长江施工初步设计审查。

当时中央已经向世界宣布，宝钢于1985年9月投产，而水源工程必须在投产3个月之前完成。按照专家估计，要在滔滔江水中围建一个164万平方米水面面积的水库，按最短施工时间应为3年半，而当时离1985年9月投产只有两年半时间了，而且批文还没下来。

时间已经很紧了。

万事齐备，只欠东风。没有国家的正式批文，再急也没用啊！

时间一天天过去了，宝钢指挥部的干部在焦急地等待着。

终于，农历大年二十九这天，宝钢指挥部获悉，文件终于到达国家经委。

然而，此时国家机关要放假了，要等年后才能上班。时间不等人哪，宝钢指挥部和建设者真的等不过年关了。

时间紧迫，此时在工地上，机械化程度最高的特种公司已全部做好了准备，在工地上包着饺子等待施工命令。

于是，宝钢有关人员找了计委基建办公室副主任石启荣。

石启荣早就与宝钢打了多次交道，他了解宝钢人惜时如金的心情，当即和处长宋汉军、工程师王伯群等人把宝钢的情况向计委领导作了紧急汇报。

2月11日，国家计委几位领导听到情况后，破例在大年三十前的晚上，召开紧急会议，以（1983）132号文批准了宝钢引水工程。

大年三十早晨，石启荣和宋汉军、王伯群等人紧急联系机关打字员，把办公会决议打印成正式文件，加盖公章后连同图纸一起送到手持飞机票等待在打字间外的宝钢有关人员手中。

收到批文后，宝钢有关人员直奔北京机场，飞机带着宝钢翘首以待的文件直飞上海。

国家计委文件和图纸到达上海后，还需要中华人民共和国港务部门监督审批，港务监督部门是中华人民共和国对沿江沿海施工进行审批的行政执法机构，其手续相当严密，对每一项海上工程必须现场验槽，并在图纸上画定红线后才可动工。

当飞机还在蓝天上飞翔时，上海港务局有关领导获得消息后已经特意在办公室等候，此时已是大年三十下午了。

在上海虹桥机场，宝钢迎候人员接到国家计委文件和图纸，便风驰电掣地赶往上海港务局。

很快，引水长江的批文被确定了下来。长江引水方案终于合法化了！

宝钢再次渡过下马危机

1980年,随着各地项目的纷纷实施,我国国民经济超负荷运行非常严重,调整国民经济,叫停大项目已成了当务之急。

10月,国务院召开省市长会议,会议决定宝钢只能采取下马办法。

国家对国民经济调整,宝钢要下马,虽然也有一些人估计到了这一点,但没想到消息会这么快被传出来。

12月23日晚,国务院主要领导主持中央财经领导小组会议,讨论宝钢问题。

国家计委、国家建委、冶金部、上海市的负责人参加了会议。

在会上,陈锦华如实汇报了工程现场的情况。他略显激动地说:"7万多施工队伍正在日夜奋战。国外引进设备共计36万吨,已到岸16.8万吨;进口材料25万吨,已到12万吨,还在源源不断地到来。下马,损失太大。"

接着,谷牧举着陈锦华交给他的宝钢指挥部寄来的高炉正在吊装的照片,激动地说:"问题是已搞到这个程度,下马确实损失太大。"

会议讨论后决定再作一次论证。

会后,陈锦华在走廊里追到时任副总理的万里,又向万里诉说了一番。

陈锦华说:"如果下马,从国外进口的设备材料到货照样要付款,贷款利息照样要支付,7万名职工照样要开支,这些都是省不了的开支。如果不是停下来,而是接着搞下去,今年只要几千万元购买砖瓦沙石等建筑材料,工程就可以继续进行下去。"

万里搞过大工程,熟悉基本建设工作,听陈锦华一说,表示如果是这样,还可以研究。

但是,迫于当时的国民经济运行情况,最终国务院还是决定:

> 宝钢工程一期停缓,二期不谈,两板(热轧板和冷轧板系统)退货。

陈锦华非常着急,这么大的一个工程,这样处理,损失实在太大了。中国刚刚开放,宝钢下马也会影响到国际形象。为国家负责,为宝钢负责,他考虑再三,决定给中央领导写一封信,陈述自己的观点。

12月30日,就在国务院"决定"下发一周后,陈锦华写出了人生中最沉重的一封信,寄给了国务院主要领导。陈锦华在信中写道:

> 这些已到现场的材料、设备,只需开支人工费用和少量国内建筑材料,就足够继续施工。

否则，我总担心这样多的材料、设备长期存放，损坏严重，后果实难预料，那时将无法向党和人民交代。

中央和市委决定我参加宝钢党委兼职工作，我受党和人民委托，深感责任重大，当此中央指示对宝钢一期工程下马进行再次论证的时候，为了便于中央全面决策，我思考再三，特再陈述意见如上，供中央定夺。

与此同时，在上海宝钢指挥部，马成德等人接到国务院的通知后，经过研究，认为没有周密的准备和措施，没有层层干部的统一思想，这个通知不能立即向职工传达。

因为当时在宝钢工地上参加建设的包括家属有10万人，这10万人组织起来是很不容易的，要一哄而散并不难，但损失和思想混乱所造成的后果是不堪设想的。

另外，当外商听说宝钢要下马，他们为了自己不受损失，抓紧抢运设备到宝钢，这也增加了宝钢工作上的困难。

面对困难，指挥部的领导们决定指挥部关起门来，开会讨论，统一思想。

讨论开始后，指挥部干部开始研究通知精神。通知中提到"一期停缓"，指挥部干部理解"停"主要是停主体工程，"缓"是指自备电厂，因为它建成快，收效大。

"二期不谈",事情好办;"两板退货",属于外贸对外谈判的事,但指挥部干部认为还是向上建议"两板"不退为宜。尤其重要的是必须从"损失最小"的原则出发贯彻国务院的下马指示精神。

为了正确地贯彻国务院通知,指挥部干部当时也没有其他高招,只有天天关门开会,不做记录,便于敞开思想无所顾虑地大胆谈自己的想法,以便想出更好的办法来。

在讨论中,指挥部干部体会到国务院对"两板退货"的态度非常坚决,对"一期停缓"有些含糊,如果通过他们把工作做好,待到国家财政状况稍有好转,是可以争得续建的,这也是指挥部干部反复研究的如何能做到损失最小或者不受损失。

对宝钢一期工程停缓建问题,各界反映也很多,大体有三种。

第一种是彻底下马,队伍解散,厂房转交上海轻工业,设备分给各大钢铁企业。指挥部干部认为,稍加思考就可以想象到,这么高大的厂房轻工业系统怎么能利用呢?至于设备分散到各大钢铁企业也难以对号入座,无法配套使用,只好白白烂掉。

指挥部干部对这种建议的态度很明确:不同意,不赞成。

第二种是缩小规模,延长工期,分段建设,缓中求活。

第三种是 1984 年建成，1985 年投产，损失最小。

最后，指挥部干部们一致认为不管采取什么方案，36 万吨的进口设备的维护保管是头等大事。当时吴增亮、陆兆价、胡志鸿等同志抓得很紧，做了大量工作，包括解决了大量的保管技术问题。特别是对"大脑""心脏"部分，今天证明维护得很好。

在设备维护方案基本落实后，指挥部干部专门向国务院写了设备维护报告，请中央和国务院领导放心，并说明我们是能够负责到底把宝钢的几十万吨引进设备维护好的。

1981 年 1 月，宝钢的报告送上去后，国务院委托国家计委在上海召开了论证会，在这次会上意见分歧很大，谁也不听谁的，谁也说服不了谁。

这次会议春节前结束，没有什么结果。

2 月 10 日，国务院在西会议厅召开宝钢问题会议，出席会议的有万里、余秋里、薄一波、谷牧、方毅、姚依林等中央领导同志以及各有关部委的负责同志。

在会上，宝钢的金熙英、马洪同志汇报了宝钢论证会的情况，国务院领导讲了话。

会议在听取金熙英、马洪同志汇报后，宝钢副总指挥马德成作了 10 分钟发言。中心意思是：

宝钢指挥部坚决拥护调整方针，为实现此方针所采取的措施，说明了第三种方案损失最小。

如果下马，国内投资也需要15亿元，继续搞下去，需要25亿元。

在听取马德成的报告时，国务院的领导问了马德成："你的意思是，多用10个亿救活100多亿，少花10个亿，100多亿就付诸东流？"

马德成连忙肯定地回答："是这个意思。"

最后，马德成表示："如果搞得好，还可以节约两个亿。"

这时，国家计委一位负责同志说："老马，你可不要拍胸脯，我们新中国成立以来没有一个建设项目不追加投资的。"

这次会议虽然没有作最后结论，但宝钢的干部感到国务院领导对宝钢下马不下马，是非常慎重的。

这就更使宝钢干部坚信，他们的调整方案，即第三种方案是可行的，将会得到国务院支持。

参加会议回来以后，指挥部干部又安排工作，部署做好设备保护工作，工程还是照常进行。

1981年3月，副总理谷牧来到宝钢，听了宝钢方面的汇报后，谷牧同意指挥部这样安排工作。认为宝钢贯彻中央精神的态度是积极的，能积极地对待调整方针。直到此时，宝钢的不安定情绪才得以平静下来。

不久，薄一波来到宝钢。看了工地后，薄一波认为干得很好。他还明确地说："不管宝钢工程的决策怎么样，对你们宝钢建设者我是鼓掌的。"

1981年8、9月，宝钢接到冶金部转来国家计委、建委的通知，通知说：

遵照国务院领导同志的批示，宝钢工程即日起改为续建项目，并要求1985年建成。

这样，宝钢就结束了停缓建阶段。

四、掀起高潮

- 施工经理说:"这就是科学技术,任何一项科学技术在没有研究出来以前都是深奥莫测的,一旦研究出来了就这么简单,大家都能想到的东西,就称不上科学技术了。"

- 单永惠激动地说:"我知道,你们已经很累很累了,但我们必须再加一把劲,再多流几身汗,再脱几层皮、掉几斤肉也要把工期抢回来,行不行?"

邓小平视察宝钢建设

1984年2月15日,春天的上海晴空万里,风和日丽,这是宝钢人难忘的一天。

早晨,宝钢工程指挥部、宝钢总厂的主要领导,都怀着十分激动的心情在宝山宾馆门口迎候邓小平的到来。

此次陪同邓小平前来视察的还有王震同志和上海市委等领导同志。

9时30分,中国改革开放和社会主义现代化建设总设计师邓小平乘坐的乳白色面包车徐徐驶进宝山宾馆。

车停下后,80岁高龄的小平同志健步走下车来。他身穿灰色中山装,亲切地向大家挥了挥手,微笑着对大家说:"你们辛苦了!"

然后,邓小平又握住总指挥黎明的手,微笑着说:"对宝钢这么大的建设项目,得增加点感性认识,不亲眼看看不行啊。"

在宝山宾馆会议厅里,小平同志坐在沙发上,点着一支烟,在他面前放着一幅宝山钢铁总厂工程建设示意图。

此时,宝钢总指挥黎明正指点着蓝图,向邓小平介绍钢厂的规模、设备……

邓小平听得很专注,一边抽着香烟,一边频频点头。

当黎明说到二期的设想时，邓小平果断地说："宝钢二期肯定要上，问题是什么时候上。如果上二期，今年、明年要多少投资？"

宝钢设计总工程师黄锦发回答说："今年需要 4000 万，明年估算要两个亿。"

"从今年开始做准备，到哪一年可以干完？"邓小平问得很细。

黎明一一回答了邓小平的问话。

邓小平听了，边点头边说："如果 1985 年只要两个亿，二期还可以上得快一些，不要耽误时间。"

陪同邓小平前来宝钢的国家副主席王震接着说："对，还是要争取时间。"

会议厅里专门为邓小平同志准备了笔、墨、纸、砚，席间，黎明同志请小平同志为宝钢职工题词。

邓小平凝神思索了一下，欣然命笔，挥毫写下了三行苍劲的行书：

掌握新技术，要善于学习，更要善于创新。

随后，邓小平同志兴致盎然地驱车巡视了宝钢 13 平方公里的厂区。

在延伸到江中 1600 米的宝钢主原料码头上，小平同志眺望着滚滚东流的浩瀚江水，关切地询问了码头水深、航道疏浚情况，以及能停泊几万吨级货轮等问题，并饶有兴趣地观看了卸船机高效率地工作,边看边问一些情况。他亲切地说:"我们要把日本的技术都学过来。"

据当时陪同邓小平视察的黎明、黄锦发等宝钢老领导这样回忆:

在宝钢主原料码头上,小平同志观看了大型卸船机高效率地工作,对宝钢人说:"我们要把日本的技术都学过来。"

在高炉工地,邓小平手指4063立方米高炉,询问了目前世界上最大的高炉是多少立方米,在哪个国家,并与现场施工作业的工人交谈,当他得知承建高炉的工人是四川人时,邓小平兴奋地摆摆手说:"是我们家乡人哪。同志们辛苦了!"小平同志亲切的乡音博得了阵阵经久不息的热烈掌声。

小平同志频频招手向广大建设者热情致意,整个高炉工地沉浸在领袖关怀群众,群众热爱、崇敬领袖的亲密融洽气氛中。

在宝钢自备电厂视察时,小平同志健步登上12米高的中央控制室,通过电视屏幕图像观看了两台35万千瓦发电机组的正常运转情况。

观看时,邓小平同志又关心地问黎明:"这两台机组发的电,宝钢自身够用吗?"

黎明回答道："宝钢每年自用约 36 亿度，电厂年发电量 49 亿度，多余的电还可以输入华东电网。"

邓小平听后，满意地点点头。

在观看电子计算机自动控制的仪表时，邓小平同志亲切询问正在操纵电子计算机的职工是什么文化程度。

陪同的电厂厂长介绍说几位上岗操作的同志都是大专毕业时，小平同志微笑着说："掌握电子计算机的应该是大学生。"

邓小平亲临宝钢视察，给宝钢建设者带来了党中央、国务院的巨大关怀，带来了改革开放的勃勃生机。

邓小平的到来显示了中央对宝钢的大力支持，这给处在争议不断下的宝钢以极大的鼓舞，宝钢建设的高潮到来了。

引水工程顺利完工

1984年2月13日,农历大年初一,冷风阵阵,寒气逼人。

然而,此时长江岸边却是人头涌动,上海港务局主持的从长江引水开工验槽仪式正式开始。

仪式开始后,鞭炮齐鸣,红旗飘扬。

此时,正是全国各地互拜新年的时候,来自港监部门、地质部门、设计单位、施工单位和宝钢有关人员200多人聚集在冰冷的江边,看着工作人员用经纬仪找准工程位置后,一声令下,现场开挖。

紧接着,轰隆隆一声巨响,特种公司经理王茂松开着他的绿贝特自卸汽车,朝着长江抛下了第一块石头。

就这样,长江引水工程正式开工了!

一时间宝钢的工地上没有彩旗、没有号角,只有卡车的吼声,117辆进口的自卸汽车满载着石块,像一头头愤怒的牛,怒吼着,盖过江风的呼号,在江岸上来回地奔跑着,向大坝的前沿抛石、塞钢渣、填黄土,步步为营,向前推进……

当时,取水淀山湖改为引水长江,致使宝钢引水工程成了一期工程最晚开工的一个项目,要赶上投产,时间紧迫,3年半的工期必须在两年半内完成。

工人们 12 个小时轮休，人休车不休。为了加快进度，宝钢特种公司经理王茂松咬着牙，瞪着眼，顶着寒风，在工地上来回巡视。

在施工第一天，王茂松就把铺盖搬到了工地，离现场只有 40 米，白天黑夜，只要是醒着，他就在大坝上现场办公。

在王茂松的带领下，工人工作热情很高。

一个叫田春元的小伙子，吃饭也不舍得下车，他把饭盒放在手边，利用装车的一两分钟吃几口，装完车后马上放下饭盒就开车，卸车时还有一两分钟的空隙，再吃几口，就这样来回拉了五六趟，饭还没有吃完。

在工人的奋力拼搏下，不到 20 天，大坝前沿工程完工，筑坝开始。

当时工程采用的是国外一项新技术，按照要求，坝底要铺上一层尼龙布，以防渗透。

此时找民工，时间等不得了，王茂松决定自己干。

初春的上海，乍暖还寒，气温常常逼近零度，大伙儿光着脚，踩下去，泥沙没膝，冰凉刺骨，抬一抬腿，似有千斤重。

为了抢潮头，趁海潮未来时铺好尼龙布，王茂松身先士卒，和职工们一起同泥水较量。站着干不行，就跪着干，跪着不行，就趴着干……

为了激发工人们的积极性，在宝钢工程建设中王茂松大胆采用了"联产承包、责任到人"的制度。他是第一个吃螃蟹的人，谁不知道，当时吃的都是大锅饭。

工人们真的干疯了，累了、病了、困得打盹了，会有人拦住车，把人扶下来，自己钻进驾驶室，开起来就走。

1985年8月20日，在宝钢全线投产前一个月，水库如期蓄水。

及时铺设厂内铁路

1984年7月，离投产只有一年零两个月了，但厂区33公里铁路才铺轨7.1公里，按照这样的进度，再有3年也难完成。

在宝钢铁路是厂区的动脉，铁水、铁渣、钢锭等物料都依靠它转运。铁路不通，整个宝钢就死了。

情况非常危急！

厂区铁路严重脱期，有关部门紧急报告。报告传到国务院代表韩光手里，韩光当即批示：

铁路耽误的工期一定抢回来，厂区铁路必须开通，否则动脉卡壳，影响投产，这可是国内外关注的重大问题！

当时，中国建造铁路还没有突破新中国成立初期的水平，有一句顺口溜这样说"一把镐头一把锹，人挑肩扛累断腰，手挥镐锹地上搗，施工全凭觉悟高"。

在这种情况下，3年的工期要一年抢回来，大家都认为是天方夜谭。

但是，情况又在那儿摆着，必须完工。

施工经理急得手足无措，可就是想不出办法，唯一的办法就是增加人力，可人多了又施展不开。

正在领导无计可施的当口，机械科科长潘超主动找上门来。他对施工经理说："让我来试试。"

潘超来到工地，细心观察计算，他发现有三个影响工程进展的障碍：

第一个是铁路路基道砟铺设；

第二个是螺栓固定检测；

第三个是钻螺栓孔。

当时，铁路路基道砟铺设全靠工人们肩挑手抬。一个壮劳力一次挑50公斤，往返20次，也就1吨，整个工程所需道砟近15万吨。由于各种条件的限制，路基施工不能全面开花，只能一段一段地修筑，按一段投入100人计算，整个工程得10年才能完成。

因此，要抢回工期，就必须变人工为机械化，别无他法。

打定主意后，潘超开始到铁道部施工工地一个个现场观察，把各家替代肩挑手抬的土办法汇集起来，设计出了几种摊铺道砟的机械，再去劣存优，然后利用废旧机械零部件，和车床工、刨床工、钳工师傅们一起，一件件现场制作、精心加工组装机械。

最后，机械中有两个轮子因条件限制一时做不出来，潘超就到江浙附近的有关厂家寻找替代品。一连数天，跑了10多个厂家，终于在上海铸锻厂的露天废料堆场里翻到了两只。

潘超如获至宝，连夜赶回来。一辆摊铺机械终于组装完成，潘超给它起了个名字叫溜砟车。

溜砟车用推土机牵引，边前行边铺砟，犹如后来进口的修筑马路的摊铺机，均匀快捷，工效提高了100倍。

铁路道砟铺设第一次在宝钢实现了机械化，当然这个机械化的推行也大大提高了铁路铺设的速度。

铁路路基道砟铺设的问题解决了，还有其他问题制约铺设进度。

当时铁路水泥枕上的螺栓是固定铁轨的关键部件，每个要承受9吨的抗拔力，达不到要求铁轨随时可能会脱枕，造成重大事故。这9吨的抗拔力，全靠人工检验，工人们用吊车在螺栓上放一个9吨重的铁块，5个人一组，半小时检验一个，全线共有1.6万个。

潘超想：如此下去，需要多少天才能完成啊？

潘超夜以继日地观察构想，设计了数百张草图，有好几次半夜想起了一个问题，摸黑到工地实地试验。经反复测试，最后筛选确定了一套用液压千斤顶作动力的连杆装置，取名螺栓测力仪，既简单又方便。

一个螺栓只需两个人5分钟就可测出精确数据。

螺栓测力仪开始投入使用了。

使用后，一个工人高兴地说："这么个简单的东西我们怎么想不出。"

施工经理听到后，告诉他："这就是科学技术，任何一项科学技术在没有研究出来以前都是深奥莫测的，一旦研究出来了就这么简单，大家都能想到的东西，就称不上科学技术了。"

还有一个影响施工进度的拦路虎是钻螺栓孔。铁路道轨与道轨、道轨与地基连接用的是高强螺栓宝钢用的是重轨，比普通道轨韧强质硬，3人一组钻一个螺栓孔要半小时，全线共要钻孔4.5万个，一个组要钻8年才能完成，大部分时间就在这里浪费了。

为了这个孔，潘超夜不能寐，整整两个礼拜，设计出了单孔钻眼机，在单孔钻眼机的基础上，又发明了双孔钻眼机，最后，四孔钻眼机也被他发明出来了。

钻眼机使工效提高了整整120倍。

有了潘超的发明，铁路的铺设速度大大提高了，有力地保证了宝钢一期工程的顺利完工。

电装公司争分夺秒抢工期

1984年，炼钢工程的电装工程明显落后了，按此速度可能会耽误全厂进度。

炼钢工程由上海市一家施工单位承建，1982年，这个单位因不熟悉冶金引进工程才改由电装公司接手，那时已脱期了9个月，经两年拼搏，抢回了6个月。

尽管如此，进度还是赶不上全厂的要求。

1984年底，宝钢总指挥黎明来到炼钢工地电装公司经理办公室。

一进门，黎明看着电装公司经理单永惠，就明确地说："按网络进度显示，你们负责的工程还脱期3个月，这是炼钢工程的最后一道工序，直接关系到能否按时投产，现在已是1984年底了，还有9个月的时间，能行吗？要不要调集力量支援你们？"

单永惠咬了咬牙回答："不用，请总指挥放心，保证完成任务！"

听到单永惠的表态，黎明放心了，稍谈片刻后，黎明就离开了电装公司。

但是，还有3个月的脱期，要在9个月中抢回来，形势相当严峻。

黎明走后，单永惠专门回了一次家，他向家里人打了一个招呼说："就算我出差半年。"

说完就抱铺盖来到了工地。

当天晚上，单永惠召开了一个动员大会。

在动员大会上，单永惠激动地说："兄弟们啊，两年来，我们日夜加班，已抢回了半年工期，但还有3个月脱期，我们要在9个月中抢回来，我知道，你们已经很累很累了，但我们必须再加一把劲，再多流几身汗，再脱几层皮、掉几斤肉也要把工期抢回来，行不行？"

强将手下无弱兵。单永惠下面的工人也是个个能吃苦，能拼搏。

同时，单永惠从不把自己当作一个将领，用他的话说，他只是个领头人。

在工作中，单永惠把自己的部下当成是自己的兄弟，一起干活，一起吃饭，他少不了工人们，工人们也少不了他，他是工人们的主心骨，大家没有一个不听他的，都愿意同他玩命工作。

此时，听到单永惠的话后，大伙儿齐声回答："行！"

就这样，电装公司的抢工期运动开始了！

当晚，二号电气室设备安装时，突然发现稳盘用的4000块垫铁不合尺寸，单永惠接到报告，立即下令加工厂厂长通知已下班回家的工人连夜赶到厂里制造，并安排两辆摩托车等候在厂门口，有了一定的数量，就直送工地。

不久，配线现场人手不够，单永惠与机关科室懂电气知识的员工商量，机关科室懂电气知识的员工二话不说，立即自备工具，赶赴现场。

紧接着，单元电气设备安装告急，单永惠手头只有一个安装班的8个人，难以应付设备安装，单永惠想到了任务相对宽松的马达安装工和变压器检修工。

听到消息后，50多名马达安装工和变压器检修工，不等单永惠来找他们，便主动来到工地。

于是，单永惠将50人分成8组，把安装班的8个人分到8个组任组长，边教边干，一个安装班一下子变成了8个突击队。

配线、设备安装赶了上去，挖电缆沟，敷设电缆线落后了，单永惠又搞起了全员动员。

于是，小车司机拿起铁锹，炊事员扛起了大镐，一位因工致残的工人坐着轮椅到工地要活干，单永惠不忍心，他就是不肯走。

最后，没办法，单永惠只好安排了一个填写进度报表的工作给这位工人。

当时，最艰苦的要数焊接转炉的焊工，焊接的钢板在焊枪的火和烈日的烘烤下达到120度，人蹬在上面，也够受的了，况且，按要求焊接时不能停顿，要一气焊成。

一次，火花溅到焊工班长胡安清的衣服上，衣服烧着了，火焰把他的胡子也烧着了，但他不能动，直到一根焊条焊完。

一天，连续干了3个通宵的单永惠突然跌倒在地上，怎么也爬不起来，经检查，患了低血糖，仔细询问才知道，他忙得一天没吃饭了。

人手紧，胡安清就带头连续干，困了，就和衣在钢板上蜷缩着打个盹。

就这样，胡安清一连四天四夜坚持工作，第五天早晨，他昏倒在工地上，是被担架抬下去的。

看到中国建设工人的敬业精神，现场的日本专家被感动了，当时，日本专家8小时以外、周末休息是雷打不动的。

然而，在单永惠的感召下，他们破例和中国工人们一起起早摸黑地干了起来。

就这样，在单永惠的带领下，电装公司顺利完工。

完成仓库工程安装

1985年5月，离投产还有4个月的时间，工程的各个单位基本上抢回了工期，赶上了进度。

此时，宝钢铁路成品仓库的钢结构安装起码还要7个月，如果按这个速度进行，就将超过投产时间整整3个月。

尤其是在当时，马上就要试生产了，流转物资大量涌入，防潮防霉的物资不能露天堆放，加快成品仓库的钢结构安装变得格外急迫起来。

为了能按时完工，宝钢指挥部的领导们决定调重兵会战，解决成品仓库的钢结构安装问题。

但是，有些场地太小，人多了又施展不开，怎么办？

指挥部的领导想到了王希山，由王希山的安装班承担。指挥部有关部门经反复计算得出了一个抢脱期的时间：13天！

王希山带领的安装班素有尖刀班之称，善于啃硬骨头，多少个危、急、重工程在他的手里得到化解。

5月中旬，指挥部向王希山下达了一个指令，要求王希山在13天时间内完成成品仓库一处墙皮的安装，以保证其他工程按节点施工，确保整个工程的工期。

王希山的队员们议论纷纷："13天完成，天大的玩笑，这么个角落，31天拿下来也够呛。"

王希山瞪着大眼，铿锵有力地说："没有讨价还价的余地，必须在13天的时间内完成，有种的跟我上，没种的可以退出尖刀班！"

队员们大声喊道："那只有拼了！"

"取消上下班，吃、住、睡全部安排在工地。"王希山决定。

于是，王希山以身作则，队员们没有一个退缩的，他们饿了吃，困了睡，只要挺得住，就到工地干！

然而，天有不测风云，就在王希山和他尖刀班的伙计们开始拼搏的第一天晚上，天下起了大雨，一连9天，天天阴雨连绵，时有大雨，倾盆而下。

王希山望着满天乌云，无奈地说："该死的，天真的漏了……"

整整9天，王希山和尖刀班的10多个队员真是苦不堪言。

此时，地面上作业的小伙子，站在半尺深的雨水里，鞋子里灌满了水，举步维艰。

半空中的安装工人也好不到哪里去，他们衣裳全湿透了，但谁也顾不上。

第九天中午，尖刀班突然接到公司下达的命令：

按照节点，兄弟单位将在明天进入屋顶施工现场，为此，领导要求你们务必在24小时内完成工程安装！

疲惫不堪的小伙子们来气了："这不是要我们的命吗。"

王希山对队员们说："我知道你们已经很累很累了，我也很累，恨不得立即躺下来睡上一觉，哪怕 5 分钟也好。"

喘了一口气，王希山接着说："可是，不能啊，整个工程是按照网络进行的，如果在我们这里耽搁，就要影响整个网络节点，就会影响投产，我想指挥部也是万不得已。"

队员们低下了头，他们知道，王希山不比他们干得少，还要协调指挥，比他们累多了，看着王希山，他们还有什么可以说的呢！

"我们尖刀班的刀尖尖不尖，就看这 24 小时了。"说完，王希山猛地扯下雨衣，往地上一扔，顶着瓢泼大雨，抓住脚手架，向空中爬去。

队员们看着雨中的王希山，一个个纷纷地脱下身上的雨衣，扔掉灌满雨水的胶鞋，迅速各就各位。

一个昼夜，24 个小时，王希山和尖刀班的队员们，除了填一下肚子以外，没有休息过一会儿。

一天一夜，干了 4 天干的活。

第二天太阳刚刚升起的时候，一辆卡车载着公司的领导来到铁路成品仓库工地，领导们从车上抬下饭桶，直奔施工现场。

到达现场后,公司领导惊呆了,他们看到的是:

> 施工现场的泥地上,横七竖八地躺着10多个汉子,他们个个浑身湿透,一个个高挽裤腿,被雨水浸得毫无血色的双腿、脚丫,有好几个人打着鼾声。

王希山和他的尖刀班的伙计们躺在泥地里睡着了。领导们的眼睛一下子湿润了起来……

与王希山和他的尖刀班一样,当时,为了抢工期,宝钢建设工地出现了很多令人感动的事迹,他们有的是昼夜不合眼,有的是几个月不休息,有的是半年不回家一次,有的甚至冒着生命危险在12级大风中作业……

正是有了这些可歌可泣的宝钢建设队伍,才保证了宝钢一期建设的顺利完工。

五、投产运营

● 王增亚边说边向日本专家分板："我认为，目前的炉温适度，就要偏低了……"

● 李华忠果断地说："毛病出在离合器上。"

宝钢一号炉正式出铁

1985年9月15日，宝山钢铁厂锣鼓喧天，鞭炮齐鸣，宝钢一号高炉点火取火种仪式在上海第一钢铁厂二号高炉炉台上举行。

这一天是中国冶金工业史上具有划时代意义的日子，中国最大的4063立方米宝钢一号高炉举行开工投产大典。

宝钢一号高炉于9月15日点火，比国家原来批准的在9月30日点火出铁的计划提前了15天。

7时整，宝钢总厂党委书记朱尔沛宣布取火开始，上钢一厂厂长蔡龙根从二号高炉出铁口点燃了火炬，转身递给上海冶金局局长李其世，宝钢总厂副厂长李华忠快步迎上前去，从李其世手中接过火炬，在一片掌声中，递给了7名火炬队队员。

7时21分，火炬队在宝钢总厂厂旗带领下，高举火炬，跑步向宝钢进发。

火炬队队员胸前斜挎红、黄、蓝、白四色彩带，彩带上分别标着"钢铁之火""科学之火""友谊之火""青春之火"。

9时30分，冶金部副部长、宝钢总指挥黎明庄严宣布典礼仪式开始。

接着，黎明代表指挥部向全国各地大力支持宝钢建设的部门和同志表示衷心感谢，特别是向上海人民对宝钢建设的全力支持表示衷心感谢。

国务委员、国家计委主任宋平代表国务院对宝钢一号高炉如期点火表示祝贺，并向参加宝钢建设和生产的全体工人、工程技术人员和干部表示亲切慰问，向宝钢顾问委员会和支持过宝钢建设的有关地区、部门和外国朋友表示敬意。

他说：

> 宝钢的建成投产对提高我国钢铁工业生产、建设的技术和管理水平，对促进我国国民经济的发展和四化建设都具有重要意义。
>
> 希望宝钢的同志不仅要建好宝钢，更要管理好宝钢。根据党中央和国务院的决定，继续建设宝钢二期工程，要把二期工程准备好，建设得更好。

接着，宝钢总厂党委书记朱尔沛宣读了国务院代表韩光发来的贺信。

贺信说：

> 我十分高兴地向你们祝贺宝钢一号高炉点火试生产。

这是7年来，你们在党中央、国务院亲切关怀下，在全国有关各省、市、区和各部门大力支持下，辛勤劳动的成果。我谨向你们致以亲切的慰问。

…………

现在，一号高炉系统虽已建成并投入试生产，但整个建设任务还很繁重。希望你们发扬连续作战的作风，一鼓作气，不仅把一期工程全部建设好，而且把二期工程也全部建设好。

中共上海市委、市人大常委会、市人民政府、市政协和全市人民，对高炉的顺利点火表示最热烈的祝贺！

一号高炉的顺利点火，将在我国钢铁生产史上留下光辉的一页。宝钢地处上海，它的建成对上海的改造振兴将是一个有力的推动，是上海经济的重要组成部分。

新日铁副社长户田健三也讲了话，他说：

在宝钢建设过程中，虽然遇到许多困难，但在日中双方协作之下都克服了，使一些项目陆续投产，终于迎来了象征着钢铁厂的高炉的点火。紧接着高炉点火的就是炼钢、初轧的投产，要达到稳定操作，还需要克服许多困难，我深信今后以日中友谊为基础，共同努力，这个目标一定能达到。

最后，冶金部部长戚元靖讲话。他说：

宝钢实现了国家对宝钢实行投资包干的要求，工程质量也搞得好。在生产方面，狠抓生产准备工作，抓队伍素质的提高，开展岗位练兵和标准化作业演习，为今天一号高炉点火创造了条件，打好了基础。一号高炉点火，这不但是宝钢建设中的一件大喜事。从生产来说，一号高炉点火后，要做到安全、顺行、持续、稳产，还要付出更艰巨的劳动。从建设来说，一期工程还没有全部建成，二期工程已经陆续开工。因此，千万不能有马虎、松劲的情绪，要一鼓作气、全部、干净、利索地建完一期工程，努力建好二期工程，使宝钢对国民经济作出应有的贡献。

参加典礼的还有国家经委副主任朱镕基，上海市政协主席、宝钢首席顾问李国豪，日本驻沪总领事吉田重信和中央各部委、上海市各委办，宝钢顾问委员会的领导同志以及指挥部、总厂的代表，共600多人。

讲话结束以后，10时25分，宝钢工程总指挥、总厂厂长黎明发布命令："点火开始！"

宋平等20多位领导同志各持一支火把，健步登上高炉风口平台，一支支火把先后投进风口，这座庞大的水平先进的一号高炉开始进入试生产阶段。

10时40分点火典礼宣布结束。

12时，从热风炉传来了阵阵湍急的风浪声。

顿时，枕木燃烧了！焦炭燃烧了！容积4063立方米、日产近万吨的高炉炉膛内烈焰在升腾，我国钢铁工业在现代化的道路上跨出了重要的一步！

当日，上海电视台、上海人民广播电台向全国、全世界播发了这一振奋人心的消息。

9月16日10时15分，高113米、占地5万平方米的一号高炉顺利出铁。

一号高炉是我国第一座4063立方米大容积的现代化高炉，它的建成标志宝钢开始跻身于世界大型高炉钢厂之林；它的点火，标志着宝钢一期工程开始进入试生产阶段。

宝钢举行开工仪式

1985年9月18日下午,宝钢一号转炉进行热负荷测试,试炼第一炉钢。

14时许,装满铁水的铁包向一号转炉移动,230吨铁水被倒入炉内。

端坐在操作台前的王增亚边复述调度室的指令边按下启动按钮:"开始吹炼!"

顿时,防尘隔热门自动关闭,一根氧枪从炉顶降下,直插炉膛。

吹炼结束后,开始添加矿石,控制炉温。

此时,坐在王增亚身边的日本指导专家根据各种参数确定添加7吨,分两次添加。

很快,第一批4吨矿石泻入炉内。

然而,就在第二批矿石即将倾倒时,"慢!"王增亚突然一举手,果断下令:"停止添加第二批矿石!"

"你……"日本指导专家吃了一惊。

听到王增亚的话,其他人也都愣住了!

"我认为,目前的炉温适度,就要偏低了……"王增亚边说边向日本专家分析计算机所显示的画面。

日本专家迟疑了片刻,固执地盯着王增亚,略显不快地说:"取样测温。"

取样测温，这是必不可少的一个步骤，钢水终点温度决定试炼是否成功。

不久报告传来了，报告令人振奋：钢水终点温度恰好在规定的指标上。

宝钢第一炉钢一次冶炼成功。

日本专家服了，他紧握着王增亚的手，为中国有这样的炼钢高手频频点头祝贺。

与此同时，初轧厂也在进行着投产前的准备。

9月20日14时，初轧机正在做开工投产前的最后一次试车，突然，初轧机的两根轧辊粘连了起来，轧机停止了转动，操作工怎么弄也动不了。

此时，离初轧开工投产只有不到一天的时间了，情况万分紧急！

设备检修人员、施工保驾人员立即向初轧机赶来，50多名日本专家闻讯后，也非常着急地赶了过来。

顿时，初轧机上下围满了人，大家焦急地等待着排除故障。

然而，结果却令人失望。设备检修人员、施工保驾人员、日本专家都出马了，还是没有办法。

时间在等待中一点一点地过去了，直至第二天凌晨2时，吊车吊、拖车拖、千斤顶顶、马达拉……各种办法都试过了，粘在一起的两根轧辊还是纹丝不动。

此时，初轧开工投产的典礼已经准备就绪，离开工典礼只剩下不到12个小时了。

设备检修人员、施工保驾人员苦着脸呆呆地望着轧辊；日本专家们三个一群、四个一组还在商量对策，负责初轧技术的几个日本专家死命地抓着自己的头发，茫然不知所措。

就在此时，副厂长李华忠、沈成孝闻讯赶了过来。

了解情况后，李华忠、沈成孝问日本专家："新日铁碰到这种情况是怎么处理的？"

日本专家告诉他们："新日铁从来没有碰到过轧辊会粘在一起的情况。"

"这就难办了！"李华忠、沈成孝对视了一下，登上主轧机，围着轧辊前前后后、仔仔细细地观察了一会儿。

两位钳工出身的冶金机械行家，没有想到他们一下就诊断出了事故的症结所在。

李华忠果断地说："毛病出在离合器上。"

沈成孝补充道："是的，是离合器咬死了。"

"拿大锤来！"李华忠大喝一声。

一名工人急忙递上一把18磅重的大锤。

当检修人员、施工保驾人员和日本专家还没有弄明白是怎么回事，只见李华忠屏息凝气，抡起大锤，对准离合器旁边的机架"咣！咣！咣"猛敲三下。

"有……有缝了！有缝了！"一位趴在地上观察的工人激动地高叫，他发现两根粘在一起的轧辊之间出现了肉眼都可以看到的缝隙。

就这么三锤，咬死的离合器开始松动。

"哗"的一下，日本专家们拥了上来，走在前面的几位初轧技术指导专家抢着握住李华忠的手，激动得泪流满面，一句话也说不出来。

11个小时后的9月21日13时30分，一根通红的钢坯从初轧机主机的两根轧辊中穿过，千米轧线一片欢腾。

各项准备工作都已经就绪，可以举行开工典礼了，宝钢建设者放心了。

1985年11月26日，上海宝山钢铁总厂在炼钢厂的转炉平台上，隆重举行一期工程投产仪式。

这一天，宝钢的土地上，处处彩旗飘扬，一派节日景象。来自宝钢各施工单位、生产单位的2000多名工程技术人员、工人和干部兴高采烈地汇集到炼钢厂，参加在这里隆重举行的投产仪式。

一些曾在宝钢建设中作出突出贡献的有功人员，也应邀从各地赶来参加这一活动。

党中央、国务院有关部门负责人王鹤寿、韩光、吕东、戚元靖、李东冶、高扬文、陈锦华等，参加了宝钢的投产仪式。上海市负责同志江泽民、陈国栋、胡立教、汪道涵、李国豪、朱宗葆等也参加了投产仪式。

新日铁名誉会长稻山嘉宽，日本通产省政务次官、议员田泽智治，新日铁会长斋藤英四郎以及澳大利亚、德国外宾也参加了此次投产仪式。

投产仪式在15时30分开始举行。兼任宝钢工程总指挥、宝钢总厂厂长的冶金部副部长黎明，主持了投产仪式。

中央领导讲话后，上海市市长江泽民在大会上宣读了中共中央、国务院对宝钢一期工程建成投产的贺电。

日本国驻华大使中江要介在大会上宣读了日本国中曾根首相和安倍外相的贺电。

晚上，冶金工业部和上海市人民政府举行招待宴会，招待前来参加投产仪式的中外来宾。

于是，经过7年建设的宝钢开始投产运营了，从此中国冶金的发展历史又翻开了新的一页。

三大主体工程建成

1990年4月17日14时40分,宝钢体育馆场外彩旗飘扬、鼓声喧天,场内华灯齐明、掌声四起。

此时,国务院总理李鹏出席了宝钢冷轧、连铸投产、热轧负荷试车庆祝大会。

中央领导及各部委领导康世恩、彭冲、邹家华、谷牧、韩光、何桩霖、李东冶、郝建秀、何光远、林宗棠、顾秀莲、蒋心雄、陈锦华、刘仲藜、黎明、李岚清、周道炯、张肖、石启荣,以及上海市党政领导朱镕基、叶公琦、谢希德、王力平、刘振元等出席了庆典仪式。

宝钢工程指挥部、宝钢总厂、各冶建公司、设计院和宝钢开发总公司,以及参加冷、热、连工程的联邦德国、日本等3000多名中外工程技术人员和工人、干部参加了庆祝活动。

在会上,李鹏发表了热情洋溢的讲话,李鹏说:

> 宝钢的成就是与全国各行各业大力支持、通力协作分不开的,也是和上海人民的广泛支持分不开的。上海人民支持宝钢建设,宝钢也给上海带来了繁荣,为上海的发展作出了贡献。

冶金部部长戚元靖代表上海市政府和冶金部作了讲话，联邦德国施罗曼西马克公司总裁魏斯，以及日立造船公司副社长西井辰夫致辞。

庆祝大会后，李鹏在冶金部部长戚元靖、上海市市长朱镕基、冶金部副部长兼宝钢工程总指挥黎明等陪同下，驱车到宝钢冷轧厂为第一卷冷轧板揭幕。

随后，在宝钢炼钢厂连铸车间为宝钢冷轧、连铸投产、热轧负荷试车剪彩，并在热轧厂粗轧机主控室按下了"发出轧钢指令"的按钮。

李鹏和应邀而来的中外贵宾还兴致勃勃地观看了冷、热、连三大工程的工艺生产线和冷轧产品。

4月17日上午，宝钢工程总指挥黎明向前来参加庆典活动的中央和上海市有关方面负责同志汇报了宝钢一期生产、二期建设和三期规划等情况。

宝钢二期冷、热、连工程分别于1984年9月、1986年6月和1986年9月动工建设。

工程的建成投产，标志着宝钢总厂的产品结构由钢坯等半成品，转向以钢板和钢管成品为主的格局。

宝钢冷、热、连工程全部投产达标后，连铸机年产能力为400万吨板坯，热轧机组生产能力为400万吨热轧板卷，冷轧机组生产能力为210万吨冷轧薄板。

宝钢是改革开放政策的产物。宝钢生产建设非但吸收国外的资源，还大量采用国际先进科技，一、二期工程建设证明，宝钢已成为我国对外开放的一个窗口，成为采用国际合作进行大型工程建设的范例。

宝钢一、二期工程持续而顺利地进展，是我国坚持改革开放政策的有力佐证。

宝钢冷轧、热轧和连铸工程的工艺和装备均具有80年代国际先进水平。

建成后的宝钢，产品是优质的，生产技术水平是高的，经营管理是先进的，经济效益是好的。

建成后的宝钢，充分发挥大型联合企业在国民经济中的骨干作用，为我国钢铁工业的现代化建设作出了应有的贡献。

本书主要参考资料

《国史全鉴》本书编委会编 团结出版社

《共和国五十年珍贵档案》中央档案馆编 中国档案出版社

《陈云传》金冲及 陈群著 中央文献出版社

《中国现代史资料选辑》彭明主编 中国人民大学出版社

《大突破》马立诚著 中华工商联合出版社

《共和国开国岁月》张国星 何明著 中共党史出版社

《转折：亲历中国改革开放》吴思 李晨著 新华出版社

《宝钢故事》欧阳英鹏主编 上海人民出版社

《李先念传》朱玉编 中央文献出版社

《宝钢建设纪实》全国政协文史和学习委员会编 中国文史出版社

《共和国经济风云中的陈云》孙业礼 熊亮华著 中央文献出版社

《宝山：宝钢中国改革开放的经典之作》李春雷著 花山文艺出版社